我的妹妹哪有
這麼可愛
10
伏見つかさ
Tsukasa Fushimi
Illustration◆かんざきひろ

CONTENTS

我的妹妹哪有這麼可愛！

10

伏見つかさ
Tsukasa Fushimi
Illustration・かんざきひろ

第一章

季節是秋天。距離畢業只剩下半年左右的十月上旬某一天。

我被迫參加了家庭會議。

會場是晚餐後的客廳。參加者則是高坂家全部成員——也就是我、妹妹，老媽和老爸。

我與桐乃像平常一樣坐在一起，而老爸老媽則是一臉嚴肅地坐在我們對面。

客廳裡充滿著桐乃的成人遊戲被發現時那樣的緊張感。

而在聽見老媽開口所說的議題之後，我馬上嚇了一大跳——

「……京介，你……應該沒對桐乃亂來吧。」

「噗！」

「什……什麼？」

我和桐乃聽見這難以置信的發言後，差點就嚇得人仰馬翻。

「老……老媽？妳……妳說什麼？」

「我問你是不是有對桐乃亂來啊。」

「什……什麼叫亂來？」

「那還用問嗎！亂來就是亂來嘛！」

這算哪門子答案！這個人真不愧是桐乃的媽媽。

「呃～也就是說……妳懷疑我對妹妹……做出什麼色色的事情嗎？」

「咳咳咳……」

旁邊的桐乃咳嗽了起來。

不過，也難怪她會這樣啦。

聽見我說出的重點之後，老媽的眼神立刻變得殺氣十足。

「我還沒這麼說，你卻馬上有這種想法，看來你是真的……」

「怎麼可能啦！」

調整好呼吸的桐乃馬上氣憤地大叫：

「媽媽！妳怎麼會有這種讓人難以置信的誤會呢！我……我我我……我和京介發展成那種關係——這種事根本就不可能發生的嘛！」

「就是這個。」

老媽像抓到證據般用手指著桐乃。

「咦？」

「妳為什麼會叫他『京介』呢。妳之前都是用『你啊』或者是『喂』來叫哥哥的吧？為什麼忽然就變成直接叫他的名字了呢？」

話說回來……不知道從什麼時候開始，桐乃就開始改口叫我「京介」了（不過有時候還是會用「你啊」或者「喂」來叫我）。桐乃那種趾高氣昂的個性確實很適合直接叫哥哥的名字，所以我也一點都不覺得奇怪，很自然就接受了這種稱呼。

被老媽這麼一說，桐乃也稍為露出了狼狽的模樣。

「那……那應該是因為——心態上的轉變……」

「心態的轉變嗎……」

「總……總之——我們之間不是那種關係啦！」

她拚命地辯解著。

和我有某種曖昧關係——這對桐乃來說，應該是一種相當丟臉的誤會吧。

「話說……你們兩個最近感情好像變得很不錯嘛。」

「那……那不是很好嗎？」

沒錯，這的確是好事。至少越來越接近我所立下的「要保護妹妹」以及「要和妹妹好好相處」的目標了。

「但實在好過頭了。」

老媽這麼說道：

「兩個人之前明明就勢同水火——但現在好像還會互相到對方的房間對吧？然後週末還感情很好地一起出門不是嗎？」

桐乃來我房間主要是為了把成人遊戲塞給我，而我攻略完了之後則會拿回去還她。至於週末一起出門，通常都是到黑貓家去了。

「還有桐乃帶御鏡先生來的時候，京介的態度也很可疑。我說你啊……那是對待『妹妹男友』的態度嗎？」

那個時候……我不但對忽然出現的「妹妹男友」咂舌，還拚命找人家麻煩，真可以說是無法無天到了極點。由於自己也知道那相當惡劣，所以講出來的理由也變得非常沒有說服力。

「……會……會很奇怪嗎。大家都是那樣的吧？而且他根本是『假男友』嘛。」

「你在知道真相前態度就很惡劣了。」

嗯，確實如此。

糟……糟糕，老媽真的對我們有莫名的誤會……！不過等一下，雖說是桐乃的母親，但老媽也應該有某種程度的社會常識才對。怎麼可能會因為這麼一點證據，就認為自己的兒子和女兒亂搞呢？

當我內心浮現這樣的疑問時——

老媽便像是要提出決定性證據般提高音量繼續表示：

「前陣子還穿得像新郎新娘那樣跑回來。」

「那就是原因嗎——！」

我和桐乃一起大叫著。

可惡！這段歷史實在太過黑暗，所以早就把它從我的記憶裡消除掉了……！

沒錯。我上個月因為某種無可奈何的原因，最後只能和身穿婚紗的妹妹一起去參加了某場活動。

雖然回家時搭了計程車（把腳踏車放到後車廂了）——但我們兄妹那天看起來真的就像在cosplay新郎新娘一樣（我剛好也穿了像新郎一樣的服裝）。也難怪當時到玄關來迎接我們的老媽會嚇得魂不附體了。

「不是啦！那真的是有很複雜的理由！我之前不是跟妳說明過了嗎！」

「美咲社長不是也跟妳解釋過了嗎？」

「複雜的理由嗎……嗯～那跟一對情侶一樣手牽著手回來也是有理由的囉？」

…………

「我……我們有牽手嗎？」

「不……不要問我啦！」

說得也是。前陣子的事妳應該早就忘記了吧。

「還有——這個也是。」

「啊啊！這……這是！」

老媽放在食指上讓我們看的，是某種原因之下和桐乃約會時所拍的甜蜜情侶大頭貼。

嗯……這確實很容易招惹誤會。

「老媽！妳……妳為什麼會有這個……！」

「哪有為什麼，因為就貼在冰箱上啊。」

「…………」

貼上去的人是我。這下糟了。

「你……你這個笨蛋！所以我才叫你不要貼啊……！」

滿臉通紅的桐乃搥了我一下。喂，很痛耶。

「總之呢——你們兩個最近實在太可疑了。發言小町上面的太太們也都這樣認為。」

這個臭老媽……不會是跑到什麼奇怪的網站上找人做人生諮詢了吧。

我知道她不久之前才因為買了有生以來的第一台筆記型電腦而興奮得像個小孩子一樣……

總而言之——

種種原因綜合起來之後，老媽她似乎有了——我和桐乃之間發生「曖昧關係」這種莫名奇妙的誤會。
因此才會召開這場家庭會議。
話說回來……
穿著婚紗回家這件事我也覺得很不妙，所以多少也覺得該負起些責任，但再怎麼說我和桐乃也不可能——這實在是太誇張了。
「絕對不可能啦！」
「老媽妳想太多了！」
我和桐乃一起這麼說。
我接著又對從剛才開始就不發一言的老爸搭話道：
「老爸你也說說她嘛。」
老爸先是繃起臉來做出「別在這時候把話頭丟給我」的表情，然後又喝了一口熱茶並嘆了口氣。最後才開口這麼表示：
「我不擔心會有媽媽所說的情況發生。我知道你是這個家裡最了解也最愛護桐乃的人。」
老爸竟然很自然地說出這種話來。
我頓時感到臉頰發燙，不知道該如何回答。
「…………」

別……別說這種羞死人的話好嗎！這樣很丟臉耶！
……雖然不知道老爸為什麼會給我如此高的評價——等等，可能是我跑到國外去把桐乃帶回來這件事情讓他很滿意吧——
但做哥哥的愛護妹妹本來就是天經地義的事。
現在的我，終於能在沒有任何藉口之下做到這件事情了。
但也還沒資格受到這樣的稱讚。
「不過呢，京介。你回想一下一年前的事情。」
「一年前的事情？」
「嗯嗯。我們不是談過關於桐乃——不對，是關於你的興趣嗎？」
「————」
桐乃的興趣——指的就是「妹系成人遊戲」被老爸發現時的事情。
當時我除了硬說妹妹的興趣其實是我的興趣之外——
「成人遊戲是我的靈魂啊……！」
還叫出了非常糟糕的一句話，老爸指的就是那個時候。
光是這麼說，我就已經聽出他的言外之意了。
同時也了解老媽為什麼會如此神經質地懷疑我們兩個人。

一年前，他們因為相信我而允許桐乃有那樣的興趣，但現在我和她之間卻發展出類似成人遊戲的關係——這可不是開玩笑的呢。

當我表示興趣是玩妹系成人遊戲時，就應該有所覺悟可能會被人認為想和自己的妹妹談戀愛了。

而對老爸和老媽而言，有一丁點徵兆出現時，就已經是得十二萬分警戒的問題了。

對我和桐乃來說或許是相當荒謬的誤會，但雙親來說可不是這麼回事。

這時我終於了解這場家庭會議的嚴重性。

「我懂你們的意思了……」

我謹慎地想著應該如何回答老爸。

「我只能說老媽根本是在杞人憂天，我和桐乃之間的關係是再健康也不過了。我想桐乃應該也同意我的意見才對。」

我轉過頭去看著妹妹，而她則急忙回答：

「那……那還用說嗎！」

這麼叫完後馬上就把頭別到一邊去。雖然態度一樣讓人火大，但看見她如此冷淡地對待我之後，老媽對多少也會減少一點對我們的懷疑吧。

我畏畏縮縮地看著從剛才開始就露出一臉不高興表情的老媽。

「那個……事情就是這樣……老媽妳覺得呢？」

「雖然聽完你們的解釋了，但我還是沒辦法完全相信你們。」

「就算老媽妳這麼說……」

要我們怎麼做嘛。

「如果你們能各自交到男女朋友，我就可以安心了……」

「…………」

我和桐乃都沉默了下來。

雖然能夠理解老媽為什麼會說出這種話，不過老實說，我們都覺得這實在是管太多了。

我們交不交男女朋友根本不用你們擔心啦，桐乃和我心裡都不愉快地這麼想著。被雙親硬逼著看相親照片，或許就是這樣的心情吧。

「京介，你和麻奈實發展得怎麼樣啦？」

「我和她不是那種關係。之前不是就說過了嗎？」

「這樣啊……」

老媽用帶著深意的眼神看著我。

「那桐乃呢——照之前的樣子來看一定是沒男朋友吧。既然這樣也只有那個方法了。」

「什麼方法……？」

心裡有了強烈不祥預感的我這麼問道。

這時老媽沒有開口，而是由老爸回答了我的問題。被老媽用視線催促的老爸，嘆了一口氣之後表示：

「京介，你自己一個人搬出去住吧。」

…………………

「……啥？」

「爸爸，這是什麼意思！」

桐乃代替一臉茫然的我這麼問道。

「這是我聽完你們各自的說法後所做出的決定。我已經請朋友找好房子了。那裡距離京介想念的大學也很近。先去熟悉一下附近的環境應該也不錯吧。」

「爸爸的意思是……要把京介從這個家裡趕出去嗎……？」

老爸沒有回答桐乃的問題，只是用帶有深意的眼神看著我。

「京介——你想念的那所大學，十一月初好像有一次模擬考對吧。」

「是……是啊。」

就是我和麻奈實一起報考的那間學校。

「只要你能在模擬考裡拿到A判定（※註：日本判別考生是否能上該校的基準，A判定的合格率為80%）的話，那就可以搬回家裡來。」

我因為這突然的條件而嚇了一大跳。

「…………」

於是我開始考慮了起來。

關於這件事，老爸做出的裁定是「在一定的附加條件下，把我趕出家門」嗎……不過這種處置真的有效嗎。如果我和桐乃真的有像老媽擔心的那種關係，這樣似乎也無法完全解決這個問題吧。

嗯……考完十一月的模擬考之後，大概再過一個月才會知道考試的結果。

這也就是說，如果順利拿到A判定的話，我只要在外頭度過最少兩個月的「獨居生活」就可以回到家裡了。

老爸認為這樣就可以了嗎？還是說他認為我根本辦不到呢？

嗯……總覺得好像還有其他的企圖，想到這裡，我的內心不禁感到有些訝異。

不過事情既然已經決定了。就算我反對，這個家也不會接受我的意見。

——而且仔細一想，這可能也是個不錯的機會。

「我明白了。只要拿到Ａ判定就可以了吧。」
「沒錯，只要你能拿出結果來——媽媽應該也同意我的做法吧？」
「嗯嗯，好吧。京介——你聽好囉？這也是為了你好。身為考生的你，最好還是不要胡思亂想，只要努力用功就可以了。」
可惡～這老太婆真的很囉嗦耶～
我想大家應該能夠理解我對這個不講理的老媽有多火大吧。
這時我悄悄觀察了一下坐在旁邊的桐乃。
「————」
桐乃很明顯地露出鬧彆扭的表情，把視線從所有人身上移開。
可能是因為被誤會和我有什麼曖昧關係而感到不愉快，另外也覺得必須對我被趕出家門這件事負起一些責任吧。
於是我盡量用開朗的聲音對她說：
「——我會輕輕鬆鬆拿到Ａ判定，然後馬上回家啦。」
「哦，你倒是很有自信嘛，京介。」
老爸很高興地露出微笑。其實我也不是那麼有自信……
「哎呀，包在我身上。」

但我卻故意表現出自信滿滿的態度。結果桐乃馬上露出非常厭惡的表情。

「喂……桐乃，妳那張臉是怎麼回事？」

「……沒什麼。」

「我說要拚命用功，馬上就達成目標回到家裡來。妳有什麼不滿嗎？」

「哼，惺惺作態。你真的沒問題嗎？」

……聽見了嗎？剛才那是什麼話。

我是怕妳自責才這麼說的耶！

當我正在內心開始發飆時，桐乃又補上了致命的一擊。

「再見，Bye bye。不用回來也沒關係啦。」

隔天放學之後。我仰躺在床上，開始考慮起今後的事情。

「自己搬出去住嗎……」

上大學之後就自己搬到外面去生活——當然我也曾有過這種想法。

對一直住在家裡的我來說，「一個人生活」確實是相當令人憧憬的名詞。

和我同年代的國高中生應該都能夠了解這種心情吧。

雖然聽說獨居生活相當麻煩，但這次父母親將會全力資助我。因為老爸表示——讓我過一個人的生活，卻反而因為打工等事情而沒時間看書的話，那就本末倒置了。要搬過去的地方距離現在的學校也不會太遠，應該會是個能集中精神念書的地方才對。

「……這樣其實也不錯嘛。」

仔細想想，打從我出生以來，這還是雙親第一次如此干涉我的生活形態呢。

老爸和老媽從以前就一～直是桐乃桐乃桐乃桐乃的，害我以為他們根本不想理會我這個又不優秀長得又不怎麼樣的兒子大學究竟考得怎麼樣呢。

從這次的處置來看，或許並不是我想的那樣……？

因為如果只是要讓我離開桐乃身邊的話，根本不用這樣大費周章吧。他們甚至還租房子讓我在那裡看書耶？雖然忽然就要我過「一個人的生活」實在有點不講理就是了。但是……他們應該是為了我著想才會做出這個決定的吧？

不過我一點都不覺得高興就是了。

——**再見，Bye bye。不用回來也沒關係啦。**

搬家的話，就不用再看見那個討人厭的妹妹了。

雖然……我打算馬上搬回來就是了。

把它想成是一個人生活的試驗期後，我甚至還覺得有點期待呢。

但是——

「……為什麼就是高興不起來呢……」

由於我自己也不知道原因，所以當然不清楚該怎麼辦才好。這可真是讓人煩惱哪。

就在我這樣胡思亂想之際……

忽然有人敲了我的房門。

「誰啊？」

「京介～御鏡先生來找你了。」

是老媽。

「御鏡～？」

正當我想要老媽告訴他我不在時，忽然想起了一件事。

那就是御鏡到我們家來的理由。

「我馬上過去～」

衝出房間之後，我丟下老媽急忙跑下樓梯。

嘰！一打開玄關的門，馬上就看見那個爽朗的帥哥站在那裡。

「嗨，午安啊，京介。你今天也是那麼帥。」

心裡忽然有種「你是在諷刺我嗎」的感覺，不過應該只是我想太多而已吧。

眼前的這傢伙叫御鏡光輝。是個帥哥模特兒兼職業珠寶設計師，可說是個開外掛的傢伙。

「抱歉，還讓你親自來拿車。」

「什麼車？」

「就是自行車啦。我不是從你那裡借了一輛畫了梅露露裸露畫面的痛自行車嗎？」

「——啊啊，那沒關係啦。老實說我已經把它當成送給你的禮物了。」

「不用不用不用！拜託你拿回去吧！」

我全力拒絕了他的好意。

當初是因為複雜的原因才會從御鏡那裡借來他訂作的痛自行車，但那輛車的等級早已超越一般的痛自行車了。

因為那是一輛上面畫了大大的裸體蘿莉，顏色還是可愛粉紅色的自行車啊。

它甚至還有一個名字叫做「流星一號」。

……那根本不是這個世界上的東西。我死都不會再騎它了。

這時候御鏡笑著表示：

「也不用這麼討厭它吧。騎起來很舒服不是嗎？」

「當時根本沒時間注意舒不舒服啊。」

「原來如此，那時候你正為了妹妹拚命對吧。」

「哼……」

要解釋實在太麻煩了，你說是這樣就是這樣吧。

「還是謝謝你啦，託你的福才能趕上演唱會。」

「只要我的『流星一號』能對你們的愛情有所貢獻，我就感到相當滿足了。」

這傢伙講話的模樣和態度雖然都非常帥，但內容實在是糟透了。

「既然你不是來牽車，那你到我家來做什麼？」

「太過分了吧，當然是來找你玩的啊。」

一聽見他這麼說，我馬上露出非常明顯的厭惡表情。

「去找遊研的傢伙玩啦，之前不是介紹你們認識了嗎？」

「怎麼這麼冷淡呢。嗯，遊研的成員確實都對我很好，我也和他們變成朋友了。但我和你的友情也不會因此而變淡。」

明明變淡也沒關係的。

……嗯～啊，對了。那我就和這傢伙商量一下「獨居生活」的事情吧。

「……既然你都這麼說了，那我就繼續找你這個好朋友商量一些事情囉？」

雖然不期待他能給我什麼好的建議，但我還是希望能夠在和別人討論這件事情時整理出自己真正的想法。

「————」

一聽見我的要求，御鏡馬上因為驚訝而瞪大了眼睛。

接著又用過去從未出現過的嚴肅語氣表示：

「……如果是要問我『和妹妹結婚的方法』，那我只能告訴你，我的結論是『總會有辦法的』唷。」

「別在我們家的玄關胡言亂語好嗎！」

要是被老媽聽見了怎麼辦！我馬上就會被掃地出門的！

「京介！」

「咿！」

老媽的聲音忽然就從背後傳了過來。

「別站在那裡說話，快請人家進來坐啊。」

真……真是危險——再慢個幾秒鐘的話，御鏡的話就會被老媽聽見了。

「喂，御鏡。我們到外面去吧。」

幾分鐘後，在高坂家的門前——

聽完我敘述「因為母親誤會我和桐乃的關係，再加上各種因素，造成我必須搬出去過一個人的生活」之後，御鏡便露出了不知該如何形容的微笑並說道：

「……原來如此，所以你才會這麼沮喪啊。」

「……看得出來嗎？」

「與其說是沮喪——倒不如說是看起來很煩惱吧。京介你這個人個性這麼彆扭，我想你一定不會承認的，不過被迫和心愛的桐乃分開一定讓你感到很痛苦吧……」

「才不是那樣。」

我忍不住就展現出對方預料中的反應。

「想和妹妹共結連理卻遭到雙親堅決的反對，這對你們兩個人來說都是一種打擊。」

「你到底有沒有在聽我講話？」

為什麼我想和妹妹結婚已經變成整件事的大前提了？

「當然有在聽啊。如果要我給建議的話，我只能說你太鑽牛角尖了。為什麼要這樣逼迫自己呢？」

逼迫自己的理由——其實我自己最清楚了。

「那是因為……目前的狀況很糟糕啊。」

除了身邊有各種問題之外——前進的方向又有一整片廣大且強力的地雷原。

而且這次還因為自己也不清楚的理由而感到十分沮喪。

這樣下去我當然會覺得擔心，怎麼可能不鑽牛角尖呢。

「有憂患意識固然相當不錯，但是有時候也得停下腳步放鬆一下才行吧？這是我自己的經驗談——我勸你還是不要太鑽牛角尖比較好。你看，今天天氣這麼棒……」

御鏡就像成人遊戲的結局ＣＧ般張開雙手，用清澈的眼睛仰望著天空。

「在這樣的日子裡，應該要忘記所有煩惱，待在房間裡玩成人遊戲才對啊。買個軌跡球，然後用螢幕臂架來仰躺在床上玩成人遊戲。當然頭上還要枕著低反發枕頭。在這種極其放鬆的姿勢下和那些可愛的妹妹嬉戲，自然就會覺得沒什麼好煩惱的，人生真是一片美好。而人只要處於幸福的氣氛當中呢，自然就會有很棒的點子浮現出來。就算沒有好點子，在這種情況下度過的時間依然是人生的寶物啊。」

這傢伙雖然腦袋有問題，但的確是個好人。

「……謝啦，御鏡。我覺得稍微輕鬆一點了。」

「別客氣。」

「呵呵」，他說完便露出爽朗的笑臉。

「哈哈……」

結果連我也跟著一起笑了出來。所謂的朋友……應該就是這種感覺吧？

雖然我也不是很清楚就是了。

「那我去把自行車牽過來囉。」

接著我便將用塑膠布蓋住的「流星一號」牽到玄關前面來。

當我走回來時，發現家門口又多了一個男人。

「咦，這不是赤城嗎？」

「嗨，高坂。」

舉起單手來迎接我的肌肉男名字叫做赤城浩平。他是我的同班同學兼好友，同時也是個很會踢足球且受女孩子歡迎，而且相當溺愛腐女妹妹的奇男子。

這時候赤城直接就指著御鏡說：

「這傢伙是誰啊？」

「是這台自行車的主人。」

「那不就是一個超級變態嗎！」

看見流星一號的赤城就像是看透一切般，頂著一張撲克臉拉開和御鏡之間的距離。另一方面，被這麼批評的御鏡反而把手放在後腦勺並且說出：

「哎呀~」

你在害羞什麼啊？

「我叫做御鏡光輝。是京介的朋友。」

「高坂，還是慎選朋友比較好唷？」

「我也常有這種感覺。還有，你有資格這麼說別人嗎？」

你這傢伙不但躲在妹妹的衣櫃裡，還想買跟妹妹長得一樣的Love doll（等身大的超情色玩偶），也算是和御鏡完全不同類型的妹控。

唉……現場只有我一個人比較正常嗎？不過，還是先把赤城介紹給御鏡認識吧。

「御鏡，我來幫你介紹。這傢伙叫赤城浩平。」

「我是高坂的好友赤城。請多指教。」

幹嘛在這種事情上較量啊，太噁心了吧。

「話說回來，赤城，你到我們家來做什麼？」

「跟你要手機照片的檔案。」

「什麼東西？」

「拜託，那還用說嗎？」

赤城用「幹嘛明知故問～」的裝熟態度表示：

「就是瀨菜親吻我臉頰時的那張照片啊！」

「啊啊，那張嗎。我已經刪掉了。」

「高坂啊啊啊啊啊啊啊啊啊啊啊啊啊啊啊啊啊啊啊啊啊啊啊啊啊啊啊啊！」

別抓住我好嗎，熱死人了。

「是你妹妹要我刪掉的啊。」

「那應該是『嘿嘿嘿，請不要刪掉，偷偷把它傳給哥哥』的意思吧！這麼簡單的事情你為什麼沒辦法理解呢！」

「好啦好啦算我不對。那沒事的話就快點回去吧。」

「你這個可惡的傢伙……！我還有事情要找你啦。」

「什麼事？」

「你最近不是因為女孩子都對你很冷淡而十分沮喪嗎？」

「老實說我本來已經忘記這件事了，聽你提起後又覺得很沮喪了。」

「抱歉抱歉。不過我就是為了讓你打起精神，才來這裡和你聊些讓人高興的話題啊。」

「那真是謝謝你了。很高興有你這麼貼心的好友（毫無感情的語氣）。那——你打算跟我聊什麼什麼話題呢？」

「當然是『我的妹妹就是這麼可愛』啦！」

「果然如此！我已經聽膩了啦！」

「別這麼說嘛～昨天瀨菜她啊！」

「我看只是你自己想談這件事吧！那就別講得好像都是為我著想一樣！」

面對露出羞澀表情炫耀自己妹妹的赤城，我忍不住直接就吐槽了下去。

這傢伙最近常用要讓我打起精神的藉口，跟我談論好幾個小時關於妹妹的話題。

雖然很感謝他的心意，但老實說真的聽得很煩了。

「別跟我客氣啦。好吧，今天就特別跟你講一些關於瀨菜胸部的事情吧。」

「那我要鼓勵你的時候，也跟你講三個小時桐乃的臀部好了。」

「別人家妹妹的屁股我沒興趣啦！」

「回想你前一句話然後自己反省一下吧笨蛋！」

「……真是溫馨的景象呢。」

腦部機能已經麻痺的御鏡看著我們兩人的對話並微笑著這麼說道：

「不過，我看還是換個地方比較好唷？繼續在這邊談論這種話題——要是讓佳乃女士聽見，京介可能馬上就會被趕出家門了。」

「嗚……說……說得也是。」

順帶一提，佳乃女士指的就是我老媽。

「？被趕出去是怎麼回事？」

不清楚來龍去脈的赤城歪著頭這麼問道，結果御鏡便回答：

「京介目前正在煩惱他妹妹的事情。而他剛才就是在找我商量這件事。」

「什麼～！高坂你太見外了吧，有關妹妹的話題就應該要找我談啊！」

「不用了，你們還是回去吧……」

御鏡這個傢伙又用那種容易引起誤會的說法。

「你不是有關於妹妹的事情要商量？」

「下次吧。」

哪能在這裡跟你們談這件事呢，笨蛋。

「嗯，真的不用客氣唷？」

「就是因為這裡不方便，我們剛才才準備要換地方啊。」

「這樣啊～」

……這傢伙真的沒打算要回去耶。

唉……真拿他沒辦法。於是我便一邊走，一邊又向赤城更加詳盡地介紹了御鏡（不過還是沒說明我找御鏡商量的事）。當我介紹到一個段落之後，赤城便這麼說道：

「那我們要到什麼地方談呢？」

「這個嘛……」御鏡回答：「這附近有間紅茶頗為美味的店，你們覺得如何？」

「喂！別擅自決定好嗎！別忘記我還牽著自行車呢！」

看見輪框上所畫的裸體蘿莉後，行人看著我的視線也越來越嚴厲了！我哪能牽著這種自行車到店裡喝紅茶啊！

赤城稍微瞄了一下那輛超痛的「流星一號」，接著開口表示：

「高坂，你離我遠一點。這樣很丟臉耶。」

「我們兩個人不是好朋友嗎？」

「這跟目前的情況無關。你別靠過來啊，好噁心哦！」

竟然講出如此傷感情的話來……

這時我只能拋下無情的赤城，拜託那個為人親切的大帥哥了。

「御鏡先生啊，雖然我這個借車的人，實在不應該說這種話——不過，可以請你幫我牽這輛自行車嗎？」

「既然這樣，那乾脆讓我載你吧？」

「不用了！」

為什麼我身邊總是聚集了這麼多值得吐槽的人呢。

當我在感嘆這個世界的無常時，御鏡說出了這樣的提案。

「對了。京介、浩平，那要不要來我家呢？」

「御鏡家？你就住在這裡附近嗎？」

「是啊。其實我現在也離開父母身邊自己一個人住在外面。既然京介已經註定要搬出去外面住了——那我應該能給你不少建議才對。」

「唔……」

「喂～高坂，搬出去住是怎麼回事啊？」

「不是說過等一下會說明了嗎？」

讓赤城安靜下來之後，我馬上就考慮起御鏡的提案。向這個傢伙請教一下一個人過生活究竟是怎麼回事……或許也是個不錯的選擇。聽到一些有趣的花絮後，或許我的心情也會比較好一點吧。

「如何？千萬別跟我客氣唷？」

御鏡說完便對我露出了笑容。

「真的可以去打擾嗎？不過——赤城你要怎麼辦？」

「我當然也一起去囉。事情都聽到一半了，哪能輕易打道回府呢。」

「那我們走吧。」

於是我們三個男人便一起往前走去。

這可能是我第一次向兩個臭男生傾訴自己的心情吧。

我一邊走，一邊向赤城說明事情的經過。

「高坂要搬出去住……所以才要到這傢伙家裡去討論這件事情嗎？」

「嗯，想向這個率先獨立的前輩詢問一些事情。」

「真是讓人羨慕耶。我早就想過一個人的生活了。如果父母願意出錢的話，我也想搬出去住啊。」

「赤城，你沒辦法離開妹妹自己住外面吧？」

「說得也是～這就是最大的瓶頸了～」

我只是開玩笑，想不到他還真煩惱了起來。

「我覺得應該能和浩平成為好朋友哦。」

因為就某方面來說，你們這兩個傢伙算是同一類的人啊。

「你是叫御鏡對吧？年紀輕輕就一個人住外面，真的很了不起耶。」

「這沒什麼啦。還有，你可以用帶著感情的聲音叫我『小光』就好。」

「但我不太喜歡直接叫男生的名字耶，還是叫你御鏡就可以了吧？」

邊走邊聊後沒過多久，我們就來到目的地了。

「——到囉，這裡就是我家。」

這棟能從巨大窗戶後方看見美麗螺旋梯的建築物，應該是經由建築師精心設計後所建造的公寓吧，外觀看起來就相當時髦。

御鏡他的確像是會住在這種地方的人。

經過像是高級飯店般的門廳後走進電梯直接來到二十五樓（流星一號放在自行車停車場了）。走出電梯後右手邊的房間似乎就是御鏡住的地方。

「高坂…………我們兩個是不是沒想太多就跟人家到了很不適合我們的地方啊？」

「……我也開始這麼想了。」

我和赤城都對這種高級場所相當感冒，所以漸漸地也不開口說話了。

……雖然沙織的公寓也相當漂亮，但這棟建築物因為更加高大，所以也給人更強烈的壓迫感。不過沙織那棟公寓只是別墅而已，真正的自宅好像更加華麗的樣子。

「來——快點進來吧。」

於是我們便進去了。

一進門，視線正中央便看見了一尊**Love doll**。

「這是什麼啊啊啊啊啊啊啊啊啊啊啊啊啊啊啊啊啊啊啊啊！」

在玄關被嚇了一大跳的我&赤城隨即大叫了起來。

但我們面前的御鏡卻露出狐疑的表情。

「算是……藝術品吧？」

「我要聽的不是這種高尚的回答！」

喀嘰。我一邊吐槽一邊往他的側腹部搥了下去。

「御鏡……你這傢伙是悶騷型的大色狼嗎？」

對於一個公然把裸體蘿莉畫在自行車上的人來說，這或許是相當愚蠢的問題，這時他一邊很痛苦地按住側腹部一邊回答：

「？我聽不懂你們在說什麼。我只是覺得它的造型、質感和觸感都相當完美，所以才會在秋葉原把它買下來。而且當我在創作女性身體時也可以拿來當成參考啊。」

「唔……！」

實在無法難判斷他所說的究竟是真是假……！真的有人會因為情色以外的因素購買這種娃娃嗎？但看見它被裝飾在似乎相當昂貴的展示櫃裡，卻又覺得御鏡所說的話十分有說服力。

「喂，高坂，你還在考慮什麼！這種破綻百出的藉口怎麼可能會是真的呢！這傢伙絕對是超重量級的情色大魔神啦！」

「今天如果是別人的話，我或許也會和你有相同的看法！但這傢伙是只愛二次元妹系角色的變態啊！」

「應該跟你很合得來。」

「你同意個什麼勁啊！少把我和這傢伙歸為同類！」

我嚴厲地指著身邊的御鏡並這麼說道。

「就是啊，我連給京介舔腳趾都不配呢。」

「你給我閉嘴！」

剛才那句話的意思，就是說我比你還要變態囉？

「哈哈——雖然你們忽然就在玄關做出了驚人的反應，不過我可不能一直讓客人站在這裡。所以還是快點進來吧。」

「…………」

我和赤城面面相覷，試著用眼神來交換彼此的意思。

（喂，怎麼辦哪高坂……？等一下不知道會出現什麼更猛的東西耶？）

（但這種情況下也不能說聲「Bye bye」調頭就走吧。沒關係啦，反正又不會死。）

（你這傢伙……這一年來神經變得很大條囉。）

這就是我們用眼神傳達的大概內容。

「那……那就打擾了～」

於是我＆赤城便畏畏縮縮地走進房裡。

眼前有一條短短的走廊由玄關往前延伸，接著則是四扇門，前兩扇門似乎是通往廁所＆浴室的樣子。御鏡打開內側最左邊的門，然後笑著對我們說：

「這邊請。」

「哦哦……！」「……整理得很乾淨嘛。」

我們兩個直率地說出內心的想法。

御鏡帶領我們來到了客廳。這裡整理得一塵不染，可以看出屋主是個相當愛乾淨的人。房間大小大約有十四張榻榻米左右。而傢俱的配色是以黑、銀以及茶色為主。

牆壁上排著許多長方形展示櫃（跟剛才裝著Love doll的櫃子同系統），裡面放著許多應該是御鏡所製作的首飾等物品。

「喂，御鏡……」

「什麼事啊，京介？」

「這麼誇張的房子哪能當成我獨居的參考啊！」

這太豪華了吧！一般高中生哪能住得起這種公寓！

「是嗎？房租其實也沒有多貴啊。何況這裡是千葉耶。」

「跟首都圈比起來當然是便宜啦……不過，還是問一下這裡的房租要多少錢？」

「這裡的房租嗎？停車場和管理費加一加總共是五十三萬二千日幣。」

比Fate小姐的年收入還高了！

「好吧。我知道了。我跟你沒話說了啦。」

看見我開始鬧彆扭後，赤城趕緊過來打圓場。

「哎呀，既然都來了。就好好參觀一下租金五十三萬的豪宅吧。至少可以開開眼界。」

這個傢伙怎麼這麼樂天啊。赤城看了一下房間周圍的環境並且說：

「哇～真不愧是設計師耶。」

「哈哈，很多人都說這裡很像商店啊。不過從傢俱就能看出一個人的品味，所以京介你最好也要注意一下唷。」

我馬上回答「我哪來的這種錢啊」。

「也有許多便宜但品質相當不錯的傢俱唷？」

「這樣啊。那等一下再告訴我你有什麼推薦的雜貨吧。」

「那當然，交給我吧。」

往房間中央看去，馬上就能見到真皮沙發與玻璃枱面的茶几，視聽櫃上面則放著六十吋左右的大電視。電視兩側擺放成套的巨大喇叭、重低音喇叭與擴大機。由於沙發斜後方也設置著喇叭，所以大概能夠猜出這就是人家所說的5.1聲道。

「太棒了吧，這根本就是豪華的家庭劇院嘛。」

「嗯，真想在這裡看世界盃。」

赤城也跟在我後面發出讚嘆聲。充滿好奇心的我們一往沙發靠近——馬上看見有一名金髮男性躺在上面。

「嗚哇！」

結果我們兩個立刻發出驚訝的叫聲。因為從剛才的位置根本看不見沙發另一側，所以我們才會沒有注意到這個人的存在。金髮男似乎沒有在睡覺，就只是躺在沙發上看著我們而已。

「……誰啊？」

他發出低沉又沙啞的聲音。

「那個——」

正當我不知道該如何反應時，御鏡便靠過來說：

「啊啊，哥哥。原來你在家。」

——御鏡的哥哥——啊啊，夏Comi的時候，這傢伙好像說過他有哥哥。

「……我在啊。小光……這兩個是你的客人嗎？」

「嗯。」

「這樣啊……」

御鏡（哥哥）用剛起床般的口氣（也有可能說話的聲音原本就是這樣）低聲說道，然後便撐起身子。

御鏡哥哥有著一副視覺系的外表，長相當然也十分俊俏，給人一種樂團主唱的印象。他的肌膚雪白，頂著黑色與金色交雜的頭髮，眼睛下方有非常深的黑眼圈，另外還長著很尖銳的虎牙。配合身上那套黑色與金色的服裝後，看起來就像現代版的吸血鬼或者是殺手一樣。懷裡似乎就藏有刀子。
御鏡（哥哥）好像聽見我內心十分不敬的心聲般狠狠瞪了我一眼（看起來是如此）。
——嗚喔喔……眼神真是兇狠。
我整個人嚇得半死。但他並沒有找我的麻煩，只是用低沉的聲音說：
「……咖啡、紅茶和綠茶……你們要喝哪一種？」
「咦？」
「我……去幫你們拿飲料。」
「那我要綠茶。」「我也是。」
「……熱的可以嗎？」
「好的。」「謝謝你。」
「…………坐著等一下吧。」
瘦高的御鏡（哥哥）用與發言完全相反的冷淡態度往廚房裡走去。想不到還滿親切的……
光看外表便覺得他決非善類，但好像不是這樣。
「還沒跟他自我介紹呢」，赤城這麼說道。
「我等一下會跟他介紹你們啦。請坐吧。」
於是我們也就不客氣地坐到沙發上。在御鏡哥哥回來之前，我先提出了有些在意的問題。

「這裡是御鏡的老家嗎？」

御鏡一邊坐到我們身邊一邊回答：

「不是啦，我老家在關西，目前和哥哥兩個人住在這裡。我因為工作的關係時常往來日本與外國，每次回國就要租房子實在相當麻煩，於是便在這裡打擾我哥哥了。」

「這樣啊……和哥哥兩個人一起生活嗎……」

不知道為什麼，這句話一直盤旋在我腦海裡。

「這些——展示櫃裡的項鍊和耳環是……」

赤城指著展示櫃這麼說道。

「全都是我做的啊。呵呵，很不錯吧。」

「那麼……這堆現實世界的首飾當中，為什麼還混雜著一些奇怪的裸體大姊姊公仔呢？」

「這也是我做的啊。呵呵，很可愛吧。」

「你哥哥也是御宅族嗎？」

「不是啊。」

「那你這樣實在太過分了……！」

赤城說的一點都沒錯。

人家都好意讓你住在這麼時髦的公寓裡了——

拜託別用御宅族商品汙染這個空間好嗎！

「嗯……難道剛剛你哥哥之所以會那麼不高興，其實不是因為看我們不順眼，而是——」

「我只是不爽我弟弟而已啦。」

不知道什麼時候，手上拿著托盤的御鏡（哥哥）已經回來了。他一邊把飲料排在桌上，一邊開口表示：

「不斷把成人遊戲和公仔拿到這裡來……！你們兩個——也是這傢伙的御宅族同伴嗎？」

「不是的！」

我們兩個人一起說出否定的答案。御鏡哥哥這麼恐怖，就算是御宅族也不敢承認吧。

但御鏡卻露出滿不在乎的微笑並且說：

「哥哥，幹嘛這麼嚴肅呢。我認為人類的生活空間裡，一定會出現能夠代表其興趣的物品。就像哥哥喜歡用最新的環繞音響聽音樂一樣，我則是熱衷於美少女公仔——這樣看來我的行為不就相當合理了嗎？」

「但我上次帶女人回家時，她在玄關就跑掉囉。」

「為什麼呢？」

一進門就看見正面有一尊等身大的裸體玩偶，女生當然會拚命逃走啦。

「當然是你害的啦！我才出門一下子就把那種東西擺在玄關！你是在惡整我嗎！」

「好痛！打……打起精神來嘛哥哥！這樣你剛好可以不用和那種不懂藝術的女孩子交往啊！」

「喂，你倒是說說看……這世上有幾個看見那尊人偶還不會逃走的女孩子！快說啊！」

「不要勒我的脖子啊！」

由於這是他自作自受，所以我也懶得阻止御鏡哥哥了。

這可以說比用亂丟成人遊戲來設下陷阱的桐乃還要惡劣。

御鏡（哥哥），幹得好，再多教訓他幾下。

「赤城，茶很好喝耶。」「是啊。」

「兩……兩位不救救我嗎？」

「這本來就是你不對。」

「怎麼這樣！」

「唉……」

抓住御鏡衣領把他整個人提起來的御鏡（哥哥），像是受不了般嘆了口氣後放開了弟弟。

「好啦……既然你都說那些公仔是藝術了，那我也讓步承認這一點好了。不過你倒是解釋一下為什麼淨是些裸體的女性啊！」

沒錯，我也這麼認為。結果御鏡這麼回答：

「這是都是朋友拜託我做的，以後就要送給他們了。」

「你這傢伙身邊怎麼淨是些損友！」

「是遊研的那些人嗎？」我這麼問道。

「嗯，小楓他跟我說『請幫我製作這個角色的魔改公仔吧』。」

小楓……？啊啊，是真壁學弟嗎……我看那傢伙才是真正的悶騷色狼。

「你說真壁？就是瀨菜經常提起的那個傢伙嗎！哦……原來那個叫真壁的，是個喜歡色情公仔的變態啊。我了解了～」

在這個瞬間，瀨菜的老哥對真壁學弟的好感度大幅下降了。

御鏡用手指著展示櫃裡的一尊雙馬尾貧乳公仔並且說：

「他拿給我當參考用的角色插圖有著不自然的巨乳，所以我很機靈地把她改造成貧乳模式了，不知道他會不會喜歡？」

「我想他應該會很生氣吧，那傢伙最喜歡不自然的巨乳了。」

「咦～？明明這個模樣比較可愛啊……」

御鏡露出無法理解的模樣。其實回顧一下過去的言行舉止，就能知道真壁學弟應該也能接受貧乳角色，但把巨乳改成貧乳的話一定會抓狂吧。

「只喜歡二次元蘿莉角色的御鏡和胸部控真壁，可能一輩子都無法理解對方的想法吧。」

「喂……為什麼你們的對話內容讓我越來越無法接受那個叫真壁的和瀨菜待在同一個社團裡呢……」

在這個瞬間，瀨菜（巨乳）的老哥對真壁學弟的好感度再次大幅下降了。

我和御鏡兩個人或許正在造口業。

「別這樣嘛……」

由於繼續這個話題的話，赤城對真壁學弟的好感度似乎會不斷地下降，於是我只好趕緊改變話題。

「不過，御鏡啊，我看你還是稍微注意一下御宅族商品的擺放地點比較好吧？這裡怎麼說都是你哥哥住的地方啊。」

「是沒錯啦，但是我房間裡面已經沒有地方可擺了。」

這是什麼意思，就是說你整個房間都像是桐乃的衣櫥一樣囉？

我實在不敢想像那種情形。

但是，我拜託你也稍微考慮一下好嗎。

「要是和人住在一起還隨便就在玄關擺放Love doll的話，就算被幹掉也沒辦法抱怨唷。即使是弟弟，這麼做也實在太過分了。」

「這麼說起來，御鏡哥哥人真的很好耶」，赤城這麼表示。

「還好啦……」

御鏡（哥哥）以冷淡的口氣這麼肯定道，然後用力坐到沙發上。

「但是，最近這間房子的房租全部都是我付的唷？」

「是這樣嗎？」

「嗯。」

如果是這樣的話，那麼寄住的人反而是哥哥了。不過玄關的Love doll還是太誇張啦。至少也讓它穿上衣服嘛。

「這件事雖然輪不到我這個外人來說嘴，但御鏡你要不要讓哥哥也付一點房租呢？這麼一來你也不能再找什麼藉口，只能把御宅族商品收起來了吧？」

「……辦不到。」

御鏡（哥哥）雙腳交叉，不看向我就直接這麼表示。

「因為我沒錢。」

…………

呃——

「您的職業是？」

「……啊～」

御鏡（哥哥）慵懶地折起手指來數著……

「嗯～彈彈吉他——」

哦哦，是吉他手嗎？

「幫忙煮煮飯——」

吉他手還要煮飯？

「然後約個會——」

啥？

「——再從女孩子那裡拿錢。」

這不是小白臉嗎！

怎麼會這樣……御鏡的哥哥竟然是個吃女人軟飯的小白臉。

「不過……最近因為這個白痴弟弟，害我減少了不少工作機會。」

大哥，那應該不算工作吧。

這個人就算房子裡被放滿了御宅族商品也沒立場說話啊。

因為這個人根本沒付一毛錢。

唔……換個角度來想，屹立在玄關的Love doll就變成了讓女孩子從這小白臉毒牙底下逃走的利器，說起來御鏡也算是做了好事。

當我們喝完茶時，御鏡便很自然地開口表示：

「那到我房間裡去吧。」

「嗯。」

我們站起身來後，御鏡（哥哥）便再度躺到沙發上空下來的位子上。想不到在外人面前也能大刺刺地展現出家裡蹲的模樣。氣人的是，乍看之下甚至會覺得這樣的他頗為帥氣呢。

當然現在的我也是靠爸一族，所以也沒什麼資格指責他就是了。

只不過，看見這個靠弟弟付房租（雖然是不得已）的哥哥之後……

不知道為什麼就有一種焦躁的感覺。

御鏡的房間放著大量的御宅族商品，也就是所謂的「御宅房」。剛才在客廳與玄關所見到的長型展示櫃占了一整面牆壁，裡面放著美少女公仔、動漫歌曲ＣＤ、成人遊戲的公式設定集——等等御宅物品，而且還混雜著相當時髦的首飾。雖然客廳裡的展示櫃也是這種情形，不過這裡御宅商品的比例還要比首飾高出許多。我只能說這種首飾與御宅商品的組合給人相當不搭調的感覺。

「你們看，我只要按下按鈕，展示櫃就會點燈囉！」

御鏡按下遙控器的按鍵，鋪設在展示櫃內部的ＬＥＤ燈便發出閃亮的光輝。燈光照耀下的成人公仔馬上呈現出兒童不宜的景象。

它們的胸部甚至都帶著神聖的光芒。

「哦……確實很猛……」

連對御宅族商品沒有興趣的赤城都發出了讚嘆聲。

看見這種景象後，我再度感覺情色的力量真是非常偉大。這時我一邊凝視著公仔一邊問道：

「果然是佛要金裝人要衣裝——這樣看起來，桐乃擺放公仔的地方根本就遜掉了。順便問一下，這種展示櫃一個要多少錢啊？」

「我在壽屋買的，一個要價九萬七千日幣。啊，當然是只有櫃子的價錢唷。」

「太貴了吧！」

根本不可能買得起嘛。

「……高坂，從你剛才的反應來看……你原本是想買囉？」

「沒有啦……也不是我自己想要的……」

「啊？」

「你別管那麼多！這個話題到此結束！」

十張榻榻米大小的西式房間裡，除了展示櫃之外還放著床鋪、大工作桌以及書架等傢俱。

這傢伙的房間和桐乃與沙織那種標準的御宅房還是有點不同。

不過……御宅族本來就是有強烈自我堅持的人種，說起來可能根本不存在所謂「普通的御宅房」吧。

御鏡張開雙臂，充滿自信地說道：

「我引以為傲的房間，不知道京介覺得如何呢？你即將開始獨居生活，不知道我的房間有沒有給你一些參考呢？」

「嗯嗯，讓我學到很多東西唷。」

這裡是很好的負面教材！我絕對不讓我的房間變成這種御宅房！

不過，只要無視這些御宅商品的話，這確實是相當時髦的房間。不論是這裡、客廳還是玄關都給人相當不錯的感覺。這些部分確實值得我學習。現在我還有許多事情想要請教獨居生活的前輩御鏡。於是我便在他準備的坐墊上坐了下來，接著開口詢問：

「御鏡，一個人生活需要些什麼東西呢？」

「首先一定需要可愛的妹妹。」

「哈哈，去死吧，成人遊戲狂。」

由於對方是男生，所以我的吐槽也就完全不留情面。

接著也坐到我旁邊的赤城以凜然的表情說：

「雖然我也同意妹妹的確是必需品，不過這樣就已經不是一人而是兩人生活了吧……？」

「那如果是自己跑來找獨居的哥哥這種情況呢？」

「那真是太棒了！你這傢伙真是天才耶！」

「哈哈哈，你過獎了。」

「少臭美了！你只是把成人遊戲裡的事件直接講出來而已吧！現實世界裡哪會發生這種事情啊！」

吐槽了他們兩個人的病態對話之後，御鏡便面向我說：

「啊，果然被你猜中了！真不愧是京介，對成人遊戲確實相當熟悉。剛才的梗是來自於之前推出的《萌妹夢工廠》系列最新作《自動送上門的妹妻》，那真的是名作對吧？」

「誰知道啊！」

不過赤城和御鏡——這兩個傢伙還真合得來耶。

「浩平，那如果是不同類型的妹妹一起送上門來又怎麼樣呢？」

「哼，我的妹妹只有一個人而已。所以這種假設根本沒有意義。只不過……如果是有很多瀨菜一起跑到我房間來的話——不對，這樣還是很噁心。」

那還用說嗎？

忍耐不下去的我如此吐槽道：

「喂，現在說的完全偏離主題了吧。我問的是『房間裡需要的物品』耶。別再談論妹妹了。」

「我一直是在談論這個主題啊——既然這樣，那我反問你好了，你現在有哪些東西？」

「雖然還不知道房間的格局，不過我打算把原本使用的桌椅搬過去。寢具的話老爸好像會幫我準備。」

「洗衣機和冰箱呢？還有電視機和筆電……」

「還是要有這些東西比較好嗎？兩個月沒看電視應該不會怎麼樣吧，至於洗衣的話，我想去外面利用投幣式洗衣機就可以了。」

「京……京介！沒有筆電的話不就沒辦法玩成人遊戲了嗎！」

「我是為了用功才會搬出去住的耶！」

哪有時間玩什麼成人遊戲啊！

「哦哦……高坂竟然會說出這麼有志氣的話」，赤城如此說道。

「還好啦。在模擬考結束前，我打算要屏除所有的煩惱。」

「這樣啊。不過提到筆電我就想起一件事，之前我在搜尋引擎上打了『新垣綾瀨　色情圖片』這幾個關鍵字，結果就讓我找到一個很有趣的網站唷。」

「你這傢伙，我真的會把你幹掉哦！」

你這變態，用這是什麼關鍵字啊！我要報警囉！

看來之前在教室裡進行「誰的妹妹是世界第一可愛大賽」時，讓赤城看見綾瀨的照片是一大失敗……！我用憤怒的眼神瞪著赤城，乾咳了幾聲後才又說：

「順便問一下，是什麼樣的網站？」

「瞧你一副充滿興趣的模樣！」

吵死了！還不是因為你刺激了我的煩惱！而且，我既然認識綾瀨，就不能放任有這種褻瀆她的網站存在啊。

這時候回答我的，是不知道何時已經啟動ＰＣ的御鏡。

「呃……是這個網站嗎？」

「我看看……」

我＆赤城馬上把頭湊過去。這種三個大男人擠在一起的畫面，說起來還真是有點噁心。

結果出現在搜尋引擎最上方的，並不是我所想像的那種色情網站——

「Lovely my angel小綾瀨♡粉絲部落格」

「…………」

「喂……高坂。我想跟你確認一下————……………這是你的部落格嗎？」

「才……才才才才……才不是哩！」

我產生了強烈的動搖。

等等、等等、等等！真的不是啦！不是我的部落格！這……這部落格名稱是怎麼回事，怎麼好像把我的心聲拿來複製貼上一樣啊！

「內……內容呢？部落格是什麼樣的內容？」

說起來這裡的新垣綾瀨，真的就是我所認識的那個新垣綾瀨嗎？

「好像是我們認識的那個新垣綾瀨沒錯唷。」

御鏡利用軌跡球滑動網站上面的內容。

結果我馬上看見有好幾張照片被公開在網站上。

主要是綾瀨上學與放學的照片以及從事模特兒工作時的拍攝現場，文章上面不是「今天的小綾瀨」、「小綾瀨的裙子好可愛~♡我也買一條同樣的吧♪」就是「冬季制服好可愛唷！」這樣的標題。自我介紹欄位上除了寫著部落格主人的姓名是「沙也佳」之外，還有一段簡短的敘述是「目標是成為小綾瀨這樣的讀者模特兒」。

這名叫作「沙也佳」的女孩子看來是綾瀨的模特兒同伴（好像是她的學妹？）兼粉絲，所以才會創設這個部落格。

『今天的小綾瀨』
HN:沙也佳
目標是成為小綾瀨這樣
的讀者模特兒。

「怎麼會有如此治癒人心的部落格，我也要把它加進我的最愛。」

「你剛才不是說要屏除所有煩惱嗎？」

還不是你們這兩個傢伙告訴我有這樣的網站。

哇……不愧是超級美少女小綾瀨。雖然原本就是模特兒了，沒想到還會有人幫她設立粉絲部落格……這讓認識她的我也感到很驕傲。

「說不定也有桐乃的粉絲部落格唷？」

「那用『高坂桐乃　色情圖片』搜尋看看不就知道了？」

我默默地揍了赤城。

「高……高坂……你太用力了吧！」

「沒把你幹掉應該就要偷笑了！」

順帶一提，剛才看見的網站當然沒有任何綾瀨的色情圖片。全都是一些健康且相當萌的照片。

「差不多該言歸正傳了——剛才說到哪裡？」御鏡這麼表示。

我一邊看著綾瀨的照片一邊回答道：

「好像是……最好還是要有的傢俱吧……」

「沒錯沒錯」，赤城馬上也跟著改變話題。「還是要有冰箱比較好吧，就算是小型的也沒關係啊。」
「根本用不到吧？現在這個時代，只要利用便利商店與自動販賣機就可以啦。」
「兩個月都要吃超商的東西？會搞壞身體的唷？」
赤城又繼續說「自己煮飯比較好啦」。
嗯～吃飯的問題嗎……
「自己煮啊……也不是辦不到啦……」
「不然就拜託桐乃小姐，請她作飯給你吃吧？」
「你這提議太恐怖了……」
由於實在太過荒謬，在他提出來之前我壓根沒想到有這種可能性。
我完全無法想像桐乃穿著圍裙站在廚房裡的模樣，那實在太不適合她了。話說回來，去年情人節時她好像作了巧克力，不過那個時候我並不在場。
「依照桐乃小姐的個性，這件事她一定會覺得自己也有責任，只要開口的話，她說不定真的會幫你作飯唷？」
「你為什麼會覺得我很想要桐乃幫我做家事呢？老實說我光想就要打冷顫了，何況真的拜託她的話，她一定也只會回一句『你傻了嗎？』而已吧。」
說起來桐乃一點都沒有表現出自己也有責任的樣子啊。

她甚至還要我別回去了耶？

在我不斷強調「桐乃絕不會幫我作飯！」之後……

「浩平，你快看。這就是最原始的傲嬌唷。現在已經很難看見囉。」

「高坂真的只要談到妹妹就會露出一臉高興的模樣耶。」

「吵死了！根本就不是你們說的那樣！」

「唉……如果那麼討厭桐乃小姐的料理——」

御鏡接著便噘起嘴唇這麼說道：

「那就請女朋友作飯給你吃吧？」

「…………」

胸口好痛！一個不注意，尚未痊癒的傷口就被挖開了！

……對喔，我還沒跟這傢伙提過我和黑貓之間的事情。

「咦？京介，你怎麼了？」

「……不要再提這件事了。」

赤城把手放到御鏡肩上並這麼說道。

「了解。那我們言歸正傳吧。」

兩位的貼心反而讓我更受傷啊……

「唉呀……你們聽我說，其實我也不是在逞強啦。」

我抬起頭來，開朗地表示：

「但和你們談過之後，我真的開始興奮起來囉。我開始期待第一次的獨居生活了。我也知道是為了用功才搬出去住的——但可以按照自己的興趣選擇傢俱和一些雜貨，並且思考要怎麼擺放它們，然後還可以找朋友來家裡玩。這些事情一定都相當有趣。」

我帶著感謝的心意一口氣說完後，另外兩個人便看了一下對方……

「噗……」

「喂！太誇張了吧！現在是爆笑的時候嗎！」

「啊哈哈哈哈哈哈哈！」

御鏡一邊狂笑一邊用力拍著我的背部。

「浩平——你聽見了嗎？他說我們剛才那些對話——讓他開始興奮起來了耶！」

「嗯，聽見了聽見了。高坂你是笨蛋嗎——幹嘛忽然就表露心聲啊。」

「你們到底在笑什麼啊！我不過是向你們道謝——」

「好啦好啦，我能夠理解。」

赤城就像在聽小孩子說話般笑著把我的話帶過。

「我想——你第一次的獨居生活，一定會很快樂的啦。」

第二章

「嗯啊……啊……呼～」

用功到一個段落的我坐在椅子上伸直手腳。變得僵硬的肩膀隨即發出了清脆的聲音。我接著又不停轉著自己的脖子。不久之後我便能感覺血液循環已經變好，太陽穴的血管開始持續跳動著。

我目前正在自己的房間裡。這裡與高中時期所住的老家一樣大約有六張榻榻米大，甚至連傢俱也都跟以前差不多。或許這種沒有特色的地方正是我這個人的特性吧。

這時我站起身子並離開房間。外面直接就是十張榻榻米大的客廳。腳底下鋪設的木頭地板讓人一眼就能看出與廚房有所不同。

我看見穿著居家服的妹妹正雙腳交叉靠在電視機前的沙發上。

這傢伙的名字是高坂桐乃——我想大家都知道她是我妹妹，不過現在她同時也是我的室友。

當然我指的不是全家人住在一起的室友。目前只有我和桐乃兩個人在這裡過生活。

好啦好啦好啦好啦！我知道你們要說什麼！嗯——關於「她」為什麼會在這裡——我之後自然會對大家作出詳細的說明，所以請各位稍等一下。

「喂……」

發現我走出來的桐乃，立刻用自大的聲音對我搭話道。

「幹嘛啦？」

「書看完了嗎？」

「只是暫時告一個段落而已。休息一下後還得繼續努力。」

「是喔。那去幫我煮飯吧。」

「————」

瞄了一下時鐘後才發現已經是晚上六點了。

「好啦。那妳想吃什麼？」

「嗯～你決定吧。不過熱量要在３００卡路里以內喔。」

「是是是……」

「順便做你要吃的份吧。今天特別允許你和我一起吃飯。」

「嗚咕————了……了解了。」

我進到廚房裡，以熟練的動作綁上圍裙。嗚……嗚嗚……我甚至已經習慣這種上下關係相當明顯的對話了……

可以說奴性完全表露無遺。不過，就算是這樣，我還是得繼續忍耐下去。

因為我——現在完全靠桐乃吃飯。目前是超人氣女高中生模特兒的桐乃大人一個人就能賺取這個家的所有生活費，可以說是掌握我生殺大權的活神仙。就算要我直接稱呼她為主人也不為過。

……其實我已經這樣叫過她了。

「可惡……這個超級虐待狂！」

為了製作這一年來已經變成我拿手菜的低卡路里蔬菜鍋，我拿起砧板直接就在上面切起白菜來。啊啊……好空虛啊。唉……為什麼事情會變成這樣呢。

沒錯，一切都是因為高三的那一年——學測失利所造成的。

時間過得相當快，目前我已經高中畢業，年紀也變成十九歲了。

很可惜的是——我不是大學新鮮人，而是所謂的「重考生」。

當時那麼自豪地拍著胸脯表示「看我的吧」，但模擬考的結果卻是慘不忍睹——明明已經報考比較容易考上的學校了，但最後就連墊底用的學校也全都沒考上。

「……那應該就是所謂人生的谷底吧。」

每次想起來就真的很想死。

切完所有準備放進鍋裡的蔬菜之後，我便洗淨菜刀，開始切２００公克的雞胸肉。這時候放進鍋子裡的湯頭也差不多開始沸騰了。

一年前……我完全沒想到自己將會過著這樣的生活。

話說回來，「一年前的我」好像也曾經說過這種話。

當我想到這裡時……

「喂喂，你在做什麼啊？」

我的主人——不對，桐乃她走進廚房裡來。

「看就知道了吧……正在煮經常吃的蔬菜鍋啊。妳不是很喜歡吃這個嗎？」

「嗯，喜歡啊。你做的菜我全都喜歡吃。啊，但這不是重點——我要說的是，你這身打扮是怎麼回事。」

「啥？」

我往下看了一下身上的服裝。

我目前穿著連帽上衣搭牛仔褲，而且還圍了一條梅露露的圍裙……

「這種打扮哪裡不好了。這條圍裙不也是妳買來的嗎？」

「我不是這個意思……」

桐乃這時候不知道為什麼臉頰泛紅，接著又低下頭噘起嘴巴——

偷偷瞄了我一眼。

「為什麼不是裸體圍裙呢？」

「……！」

什……什麼為什麼……

……咦？剛才那句話是什麼意思？我沒聽清楚耶？

「桐乃小姐……妳剛才是不是說了『為什麼不是裸體圍裙呢』？」

啊啊我錯了！我知道啦！抱歉抱歉，我的耳朵也不知道是怎麼了，竟然會聽成這樣——我已經準備好桐乃發飆時要說的藉口了，但她卻這麼回答：

「嗯，我是說啦，怎樣？」

「打扮成那樣誰會高興啊！我光屁股煮菜有誰看了會開心啊！」

這時吐槽也變成了自虐！

「我會高興啊！不行嗎？」

「真的假的！」

竟然還反過來對我發飆。

「因為——要求你為我做這點事應該很合理吧？」

「何況我們兩個人都同居了。」

「～～～嗚！同……同居……！」

「沒錯，同居……難道不是嗎？」

「……是……是沒錯啦。」

確實是這樣。我和桐乃不知道因為什麼樣的孽緣而開始交往，目前正同居當中——

「怎麼可能啊啊啊啊啊啊啊啊啊啊啊啊啊啊啊！」

如此大叫的我順勢用力抓住桐乃的手腕。

「你……你做什麼！」

「哪有做什麼。桐乃……妳是冒牌貨對吧？」

「什……什麼？」

「我的妹妹呢～確實是個萌妹，又喜歡玩成人遊戲的怪女孩。但是——她無論如何都不是一個要親哥哥光屁股做菜的變態女啊！給我記住了，我的妹妹呢～可是比妳還要——」

嘰鈴鈴鈴鈴鈴鈴！　嘰鈴鈴鈴鈴鈴鈴！　嘰鈴鈴鈴鈴鈴鈴——！

「啊！」

我迅速從棉被裡撐起身子。把枕頭邊的鬧鐘抓過來按停後，馬上左右張望來確認現狀——

「是夢啊～～～～～～～～～～～～～～～～～～～～！」

呼～～～～我因為安心而呼出一大口氣。接著用手掌敲了一下太陽穴，自言自語地說道：

「這是什麼怪夢。」

我怎麼可能和桐乃同居呢。而且還讓她說出那樣的話來。

難道說我潛意識裡有做裸體圍裙打扮的慾望嗎？

光是想像就覺得噁心了。拜託別再讓我作這種夢了。

「說起來這一定是御鏡（哥哥）害的。」

從遇見他之後就一直覺得心裡有點怪怪的。現在終於知道是為什麼——這是因為那個時候不小心想像著「和桐乃過著兩人生活並吃她軟飯的自己」，當然也立刻覺得相當噁心。所以現在才會作了那樣的夢——可惡啊！

「啊～腦袋還昏昏沉沉的。還是先去洗把臉吧。」

我從棉被裡爬出來，直接走到洗臉台去。

我剛才睡覺的地方不是平常的自己房間——而是我（暫時）搬出來住的新房子。

這是間六張榻榻米大小，地板上鋪著地毯，衛浴系統分開，而且有個大衣櫥的套房。

對首次獨居生活的人來說，這已經算是相當不錯的物件。

……雖然因為是三十年以上的公寓，所以有些地方比較破爛就是了。

我到御鏡家也不過是兩天之前的事情。

當然，我可沒和妹妹一起住喔。

搬家當天其實相當輕鬆，老爸向朋友借來了小貨車，利用假期幫忙把我的桌子、筆電還有衣服寢具等物品搬了過來。至於日用雜貨則是我自己裝在背包裡帶來——然後就開始一個人的生活了。

「我這個人的私人物品還真是少耶……」

但這樣子竟然還沒有感到任何不方便就讓人覺得有些寂寞了。

目前手邊也有雙親給予的生活費，剩下來就只有赤城替我擔心的「要吃些什麼」的問題了。關於這一點，其實我也沒有特別多想。總覺得會有辦法解決才對。

接著我便到學校去——而時間也很快來到放學之後。在教室內準備回家的學生當中，我、麻奈實和赤城正在說著話。至於話題當然就是關於我的一個人生活囉。

「——就是這樣，我已經順利搬好家了。」

「第一次的獨居生活感覺如何？會不會覺得寂寞？」

麻奈實帶著溫柔的笑臉這麼說道。田村麻奈實——她是我的青梅竹馬兼同班同學，外表看起來就是一個帶眼鏡的土氣女。最近因為發生了很多事情，讓這個傢伙對我的態度變得有些冷淡，但今天倒是跟平常一樣以很親切的模樣跟我說話。

——當然我們也不是在吵架啦。

順帶一提，我從御鏡家回來時就已經繞到田村屋去，向麻奈實說明過搬家的來龍去脈。而

且當天晚上也利用聊天軟體向黑貓與沙織報告過了。

我從位子上站了起來，一把抓起掛在桌上的書包。

「我才不會寂寞哩。看不見那個煩人的妹妹反而輕鬆多了。」

我剛丟下這句話，赤城便從後面拍著我的肩膀並且說：

「高坂啊，你妹妹到國外留學的時候，你這傢伙好像也說過這種話耶？」

「啊哈哈，小京那個時候其實也很寂寞對吧？」

「…………」

收回前言。今天的麻奈實依然相當壞心眼。

「那個時候是那個時候，現在是現在啦。」

「好好好，我知道～」

竟然講得好像什麼都知道了一樣。不過這個和我熟識已久的青梅竹馬，應該是真的看透了我的內心吧。我甚至懷疑她是不是有透視眼呢。相對的，我也忍不住有了——自己和麻奈實明明已經認識這麼久了，但我究竟又了解她多少的想法。

「可惡……在妳面前我還真是抬不起頭來耶。」

「嗯？」

可能是聽不懂我這句呢喃的意思吧，只見麻奈實歪著頭露出狐疑的表情。

「沒什麼啦。」
「這樣啊。嗯——呵呵，那我們來慶祝一下小京開始一個人的生活吧。」
「不用那麼費心啦，幹嘛還特別慶祝。」
「不行，因為小京你最後還是沒有準備任何煮飯的道具吧？」
啊啊，這傢伙是打算用慶祝我搬家的藉口送東西給我嗎。
「因為只有短短兩個月而已啊。根本不需要那種東西啦。」
順帶一提，這句話也表露出我一定會在兩個月後搬回去的決心。
但麻奈實還是搖著頭說：
「兩個月也有六十天唷？這根本不能說是『短短』兩個月吧。」
她豎起指頭來這麼對我說教。
愛管閒事的老太婆登場了。
「高坂，我勸你還是死心吧。因為我也打算送你家裡的舊烤麵包機。」
啊啊真是的！這兩個傢伙實在——
「……好啦，那我就不客氣了。先謝謝你們囉。」
這樣真的很不好意思耶！
「不過……老實說，我應該不會經常自己煮飯吧？」

聽見我這麼低聲說道後，赤城便用姆指指著自己的臉並且表示：

「好吧，那我下次做飯給你吃！」

簡直就像是成人遊戲裡的事件。

雖然對方是男的就是了。

「怎麼，你這傢伙還會做菜啊？」

「嗯，因為自己的興趣所以稍微有點研究。」

「這樣啊，那就多謝囉——不過，這件事千萬別告訴你妹唷？」

「為什麼？」

「因為她是腐女。」

「好吧……」

光是這麼說就能了解所有意思也已經夠恐怖了。

「啊～不過如果是田村同學幫忙做飯的話，高坂也會比較高興吧？」

「嗯，因為麻奈實做的菜真的很好吃。」

雖然不知道赤城的實力如何，但應該還是贏不過麻奈實吧。

聽見我們的對話之後，麻奈實便害羞地表示：「嘿嘿嘿……沒有那麼誇張啦。」

看見她這種模樣的赤城，不知道為什麼用「真是受不了你」的眼神看著我。

「你這傢伙真的會遭天譴……」

「啥？」

「沒事啦。」

「那麼，嗯哼……就決定在下一次放假的時候舉行『慶祝小京搬新家派對』囉。」

不愧是麻奈實，取名字的品味就跟小學生一樣。

這時赤城還在旁邊拼命拍手吹口哨來搞熱氣氛，讓場面顯得更加詭異。

既然已經決定派對的日期，我們接下來的話題便移到模擬考上了。

「那麼——你現在大概有幾成的把握呢？」

「嗯～我想應該沒問題吧？」

雖然至今為止一直都在做考古題，不過因為從來沒有考過這種試，所以也不知從何預測起。不過，我可是有一定要拿下A判定的決心唷。

「喂喂，真不可靠耶。田村同學，不知道妳對這樣的高坂有什麼看法？」

「我覺得應該沒問題唷～應該說如果在這個時期還拿不到A判定的話……或許就真的糟糕囉？」

「喔喔……想不到田村同學還滿實際的嘛。」

「哼，赤城，你可別讓這傢伙呆呆的外表給騙了。這傢伙其實還挺現實的唷。不過呢——

按照我的自我分析，我想除了英文之外應該都沒問題才對。」

「哦~很了不起嘛。話說你不是不擅長英文嗎？」

「應該也沒那麼糟啦，只是在做考古題時，有時沒辦法在時間內做完所有的題目。所以才覺得不太妙。」

「嗯……小京雖然不會因為『粗心大意』而答錯問題，但答題速度確實比較慢唷~」

「……妳也跟我一樣吧。順便問一下，妳是怎麼克服這種缺點的？」

「應該還是盡量多做一點考古題吧……」

「果然還是只有這個方法嗎……」

「你做了多少考古題了？」

赤城這麼對我問道。

「大概四年份左右吧。應該……算全部做過一遍了。」

抱歉，老實說我有些誇大了。

聽完我所說的話之後，麻奈實便在自己的書包裡摸了好一陣子，最後拿出一疊厚厚的題庫。

「這些是英文的題庫……要不要做做看？應該是小京沒有做過的年份唷。」

「哦？真的嗎？那妳怎麼辦？」

「嗯，我已經影印下來了。也可以借你其他科目的題庫，放學回家時來我家一趟吧。」

「太好了！謝啦，真不愧是麻奈實！」

真的隨時隨地都知道我最需要的是什麼東西耶！

「嗯，有什麼不懂的地方，隨時都可以打電話給我。」

麻奈實握緊雙拳並且露出笑容幫我加油。

赤城這時也拍了拍我的肩膀給我鼓勵。

「喂，高坂。田村同學都這麼幫忙了，你一定要拿到A判定啊。」

「那還用說嗎？話先說在前面——你們兩個別忘了自己也是考生啊。」

學測是會降臨在全國每一個高三生身上的試煉。

「說得也是」，赤城這麼苦笑道。接著麻奈實也表示：

「我也會加油的。因為我想和小京念同一所大學。」

說完後又對我露出一個令人著迷的微笑。

回到公寓之後，發現旁邊的路上停著一台貨運公司的貨車。由於這不是什麼特別的景象，所以我也就直接從旁邊經過，爬上了生鏽的鐵梯。我的新居是在二樓角落的房間，二〇一號房。

「咦？門怎麼打開了。」

難道是老媽來了——沒想太多就往房裡看去的我，馬上就發現了一個絕對不會在這裡出現的身影。

「啊，請放在那邊就可以了。嗯，在這裡蓋章對吧。」

像這個家的主人一樣跟宅配大哥說話的，正是我的妹妹。

「謝謝您～」

宅配大哥很有精神地打完招呼後便回去了。

目送他離開之後，我便把視線移回通道上。這時雙手交叉在胸前的桐乃也正看著我。

桐乃可能也是剛放學吧，她身上還穿著制服。

「啊，回來了。」

「什麼叫『啊，回來了』。妳這傢伙啊……」

當我迅速走過去之後，馬上就看見廚房裡放著一台今天早上還沒有的冰箱。我原本想要詢問「妳來做什麼」，這時……

「喂……喂……這是……」

也不知道該說些什麼才好。

「我來幫你收下冰箱了，要好好感謝我啊。」

「……冰箱……是老爸送的嗎？」

「不是。是我特別買來給你的。」

瞧妳一副了不起的模——不對！

「為……為什麼？」

「啥？」

「為什麼妳要送我冰箱？」

可能是我本來就相當遲鈍了吧，不過我還真搞不懂她為什麼要這麼做。因為還是國中生的妹妹忽然就送你一台冰箱——這本來就是完全料想不到的情形嘛。

聽見我的問題之後，桐乃露出不高興的表情沉默片刻，最後才噘起嘴說：

「就是……之前的——家庭會議。你之所以會被趕出去……好像也和我有點關係，不是嗎？所以……我想到你這人應該也不會買什麼東西，要是放著不管的話，一定會老是只吃超商的便當……」

桐乃斷斷續續地這麼低聲說道。然後邊說邊把視線從我身上移開。

「所以我才會買台冰箱給你啊！很高興吧！」

老實說，我開始胃痛了。因為……因為……

「我說妳啊……這台冰箱……花了多少錢？」

「啥？三萬日幣左右吧……反正你馬上就會搬回來，小型的就夠用了吧？」

我不是那個意思……我在意的不是冰箱大小這種問題……而是讓還是國中生的妹妹送我三萬日幣的家電這種情況，就好像我是吃軟飯的小白臉一樣讓人覺得難過啊……嗚嗚……靠妹妹過生活的那場惡夢……真的有一部分變成現實了。

不……不過……

「……怎麼？不滿意嗎？」

桐乃說完便側眼瞪了我一下，這時我只好無視自己的胃痛，對著她這麼說道：

「謝啦，桐乃。有冰箱真的方便多了。」

「哼，是嗎……」

她說完立刻把臉別到一邊去。

我明明老實地道謝了，為什麼得到的卻是這種反應呢？

算了。現在還有其他更重要的話題。

「那個，妳跑到我這裡來沒關係嗎？」

「啥？」

「我是說——我是因為那種原因所以才得搬出來住的對吧？但妳現在跑來這裡，還買了冰箱給我……」

當我說到一半時，桐乃便插嘴說「你是笨蛋嗎」。

「那些全部都是誤——誤會，所以我待在哪有又有什麼關係？雖然被媽媽知道了可能又會被念一頓，但只要不被發現就好了，而且就算被發現了那又怎麼樣呢。」

桐乃把身體往前傾，迅速說出這一大串話來。

看來她似乎相當生氣——只是不知道發脾氣的對象是我還是老媽。

「說起來，為什麼你和我會——！根本就不可能嘛！你也這麼想吧……？」

「…………」

「為……為什麼不說話？」

「……別噴口水嘛。」

「我才沒有噴口水！」

哎唷，真是危險。

果不其然，桐乃馬上就一個巴掌朝我揮過來，而我則是在優雅地避開這記攻擊後，直接把手放到妹妹頭上。

「我之所以沒有說話——是因為覺得被誤會也是沒辦法的事。」

「什……」

「我和妳最近感情確實變得比較好——而且因為以前兩個人的關係相當惡劣，現在這樣外

人看起來當然很可能會覺得『實在好過頭』啦。」

「……別說這種噁心的話好嗎？何況我們的感情根本就沒有變好……快把手從我頭上拿開啦。」

「是是是。」

我用開玩笑的態度把手拿開。

「我也覺得跟平常一樣就好了。反正我們兩個之間也沒什麼曖昧的關係。」

「那……那還用說嗎！」

沒錯，根本就不用說。我和妹妹完全沒有什麼讓人懷疑的地方。

這可不是在玩成人遊戲啊。

「老爸也是為了讓老媽安心才會提出這樣的建議，我想他應該沒有懷疑我們才對。我只要依照他們的期待取得A判定，馬上就可以搬回家。然後一切也會恢復到跟過去一樣了。」

我笑著對桐乃這麼說道。

「所以桐乃，妳不用這麼生氣。我一定會成功的。」

「────」

桐乃不知道為什麼像是受到衝擊般往後退了一步，然後直接轉身背對著我。

「我要回去了。」

「咦？」

「我說要回去了。」

「這……這樣啊。」

這傢伙到底在生什麼氣啊？

我送妹妹來到玄關，再度向她道謝。

「謝謝妳的冰箱。」

「嗯。不……不過——搬回家以後你馬上就會把它丟掉了吧。」

「我才不會那樣哩。搬回去後我也會把它放在房間裡使用。這麼一來我那個單調的房間也會變得比較方便了。」

這是妳送給我的東西，高中畢業之後——如果真的要一個人搬出去住的話，我也會把它帶去的。

「是嗎，隨便你了。」

桐乃冷冷地回答。這時背對著我穿鞋的桐乃像是忽然想起什麼事情般轉了過來。

「……」

但就只是一言不發，露出有些急躁的表情。

「？怎麼了？」

「沒有啦……那個——你是那種書看到一定階段後會稍微休息一下的人嗎？」

「嗯，我會啊。像是看看漫畫，上上網之類的。」

像是去綾瀨的粉絲部落格看看新照片之類的。

「這樣啊。那應該沒關係吧。」

桐乃從書包裡拿出某樣東西，並且用來到這個房間後最為開朗的聲音說道：

「自動送上門的妹妻～禁斷的兩人生活～」

竟然是成人遊戲。

「這個給你！」

啊，真是陽光的笑容耶！害我忍不住把遊戲收了下來啦！

「妳……妳這個人啊！」

我已經不知道該說什麼才好了。才剛開始過一個人的生活就從妹妹那收裡收到這種東西，我應該要做何解釋才好呢！

這時我甚至無法吐槽，只能露出感到困擾不已的表情，結果桐乃看見之後似乎會錯意了，馬上就自以為是的對我說：

「嗯？嗯？啊……啊～是這樣啊。嗚嘻嘻，你不用這麼感激我啦～這應該可以說是……同為成人遊戲玩家的體貼吧！」

「妳的體貼讓我的人生就此毀滅了怎麼辦？」

這很明顯！是現在的我！絕對不能放在身邊的東西吧！

什麼叫妹妻啊，我還是頭一次聽到這種概念唷！

「好啦好啦，你就玩玩看嘛！超級……！有趣的唷！是最近的成人遊戲裡最為傑出的神級遊戲啊！」

「我非常了解妳沒有其他的意思，但是這個遊戲名稱……！」

「？怎麼了？」

果然！完全不了解嘛！

「我說桐乃啊。拿成人遊戲當成禮物是沒關係啦。我已經習慣了。經歷過無數場死鬥鍛鍊的我，這甚至可以說是會讓人莞爾一笑的情形。」

雖然這種感覺也已經是異常了，但希望大家注意到我至少還有這種自覺。

「就連我這個百戰勇者的忍耐力都無法接受叫什麼妹妻的啊。」

「為什麼？它和『妹婚』並列最為究極的造語唷！」

「好吧，就算我退讓一億步接受這種說法好了，但是『禁斷的兩人生活』這個副標題也太糟糕了吧。擁有這款遊戲的我，不就很明顯是想和『妹妻』過禁斷兩人生活的變態哥哥了嗎？」

桐乃迅速地往後退。

「噁心……你是用那種眼光來看我的嗎？」

「我就知道妳會這麼說！」

說句公道話好了，有哪個妹妹會贈送一個人生活的哥哥《自動送上門的妹妻》啊。我好不容易才讓暈眩的腦袋冷靜下來……

「好吧……我知道這算是妳鼓勵我的方式啦。」

「啥～？你在說什麼啊？少臭美啦你！」

桐乃跟平常一樣把雙手交叉在胸前，然後用輕蔑的眼神看著我。

「如果你還是不了解的話，那我就說明給你聽吧。之所以會送你東西呢——是因為我不喜歡好像對不起你這傢伙的感覺。送你冰箱和神級遊戲之後，我們之間就互不相欠了，今後你是死是活都跟我沒有關係。就算你沒回來也無所謂唷。討厭的傢伙不在家裡我可是覺得超級舒適的呢！」

「妳這傢伙……」

看來這個臭女人是很想讓我朝她肚子猛揍一拳的樣子。

真希望老媽能聽聽她剛才說的話。
這樣應該馬上就能洗刷我的污名了。
「話說我看你根本不可能拿到A判定吧？」
桐乃用讓人非常火大的態度冷哼了一聲。
可惡。連我也開始怒火中燒了，於是我便笑著這麼回答她：
「哼，少看不起人了。那根本是輕而易舉的小事。」
「是嗎～從你平常那種懶散的樣子來看，就覺得你說的話一點說服力都沒有～你真的有在努力嗎？」
「那當然！既然這樣──那我們來打賭看我到底能不能拿到A判定吧？」
「聽起來滿有意思的嘛。」
「就這麼決定了。」
一番唇槍舌劍之後，兄妹兩個人的對話內容也越來越激烈。
桐乃側眼瞪了我一下並說道：
「那你如果沒拿到A判定的話，就要一輩子當我的奴隸。」
「這風險太高了吧！」
就跟地下賭場的倍率一樣高啊。

輸掉的話我的人生也就完蛋了。

「可以一輩子服侍我耶？這應該算是獎賞才對吧？」

「妳這傢伙總是能夠很認真地講出這種話。」

「啊！糟糕～這個條件的話，打賭根本沒辦法成立嘛。你這人是變態妹控，所以一定會故意放水好變成我的奴隸吧。」

「我死都要贏！這個打賭我就算犧牲自己的性命也要贏給妳看！」

謝謝妳喔！託妳的福，我現在全身上下都充滿了幹勁！

「那麼！如果我贏了的話——妳當然也會一輩子當我的奴隸對吧？」

「……噁心……我用智慧型手機把你說的話錄下來了。」

「太過分了吧妳……！」

卑鄙！桐乃小姐妳這樣太卑鄙了！拜託妳不要學綾瀨好嗎！

桐乃收起從書包裡拿出來給我看的iPhone……

「這個聲音檔我會留下來以防萬一。不過打賭就是打賭——輸了的話我也會付出代價。」

「…………」

「如果你真的拿到A判定，那我會給你獎勵唷。」

「……獎勵？」

「沒錯，就是獎勵。」

糟糕……我心裡只有不祥的預感。

「我還是問一下好了。如果拿到A判定的話……妳要給我什麼獎勵？」

「你可以要求我做一件事。」

啪噹。

說到這裡，桐乃便隨即消失在玄關大門的另一側了。

「唔……」

晚上十點。桐乃回去之後就開始在書桌前用功的我，集中精神好幾個小時之後，目前正趁著休息時間重新製作新的讀書計畫表。我一邊用簽字筆沿著尺畫線，一邊回想著剛才發生的事情。

「啊～氣死我了。氣死我了氣死我了。可惡，桐乃這個傢伙……！」

我輸了的話就要當一輩子的奴隸，贏了也只得到一個願望而已——

回過頭來仔細一想，這種條件對桐乃實在太有利了吧？

什麼叫「不回來也沒關係唷」。我就偏要搬回去給妳這個臭傢伙看。

「算了……雖然不甘心，但懶得跟她計較了。」

那個臭妹妹原本就沒把我放在眼裡。這次一定要給她一點顏色瞧瞧才行。

「沒錯，只要贏得這次的打賭就可以了。」

這麼一來，那傢伙所有的行動就都變成是在鼓勵我了。

特別送冰箱給一個人過生活的我。

還好意地送我成人遊戲。

甚至在我考取A判定時，還願意實現我的一個願望——

哈哈哈，真是個可愛又貼心的妹妹。

「哪裡貼心啦，我真是個大笨蛋！」

當我這麼自己吐槽自己時，讀書計畫表（超認真模式）也已經完成了。

啪！我接著便隨著清脆的聲響把它貼到牆壁上。

「好～只要照這張表努力下去，我看要上東大也不是問題。」

當然這是不可能的事。

但我這次真的是超級認真。

「哼哼哼哼……」

一想到當我贏得賭注，凱旋回家的時候——桐乃臉上會出現什麼表情……唔呵呵呵，我的嘴角就忍不住露出微笑。

「可以要求她做任何事嗎……」

到時候要她幫我做什麼事呢！這可真是傷腦筋啊！

「好……既然又有幹勁了！那就從英文開始繼續努力吧！」

正當我翻開題庫時……

嗶嗶嗶嗶嗶嗶嗶！手機忽然響了起來。

「誰啊……」

才剛要開始衝刺，氣勢就被這通電話削弱了。

「——嗯？咦，這傢伙是……」

我看見表示在液晶螢幕上的名字後，不由得懷疑自己的眼睛是不是有問題。

——來栖加奈子。

「喂……」

「喔。」

簡直就像是老大在對小弟打招呼一樣。

這得意忘形的聲音很明顯是來自於加奈子……

還是跟大家說明一下，這個叫加奈子的臭小鬼是桐乃的同班同學兼好友，最近也加入了模特兒經紀公司，主要是在cosplay活動裡表演。

前陣子在名為「梅露祭」的梅露露現場演唱會上，我擔任加奈子的一日經紀人，那個時候被她半強迫性地交換了彼此的手機號碼。

順帶一提，當時也沒想太多就告訴她我的本名了。

「加奈子嗎，乖小孩要早點上床睡覺唷。」

「吵死了，才十點而已耶？嘖，虧我還專程打電話來要跟你說好消息呢～」

「好消息？」

「嗯。你啊……想不想繼續當加奈子和布莉姬的經紀人？」

「咦？」

「如果有這個意願的話，我可以幫你跟社長說一聲唷～？」

難道說，這傢伙……

以為我正因為失業而感到苦惱，所以打電話要來幫助我嗎？

哈哈，明明只是個小鬼而已……不過從她對布莉姬的態度來看，就知道她是個喜歡照顧別人的傢伙。

「謝謝，不過真的很抱歉。我現在得集中精神在課業上——所以只能婉拒妳的好意了。」

「這樣啊……」
加奈子用有點在鬧彆扭的口氣這麼說道：
「京介你還是學生嗎？」
「嗯，是啊。」
話說回來，這傢伙一直以為我是社會人士。
雖然以前一直沒有懷疑過這件事……難道我的外表看起來很老成嗎？
「原來如此……那就沒辦法了。」
加奈子像是感到很可惜般嘆了口氣。
「你比我現在的經紀人要好多了，哪天又想吃這行飯時，記得跟我說啊。」
「妳說我比現在的經紀人還好……真的假的？」
真讓人難以置信。我不但是外行人而且還是個小鬼耶。怎麼可能會比專業人士還要好呢。
「啥？你幹嘛這麼謙虛啊？加奈子都這麼說了，那還有什麼好懷疑的？現在的經紀人對加奈子實在太客氣了～和你完全不同啊。」
「那不是很好嗎？」
「是沒錯啦～但這不是我要的感覺。該怎麼說？加奈子想要的是更對等一點的關係啊。」
「原來如此。」

「你在這方面就拿捏得恰到好處。感覺上好像不只是工作上的往來……」

嗯，因為那的確不是工作。不過話說回來……加奈子反而認為那樣比較好嗎？

「這可以當成我以後求職時的參考，所以可不可以告訴我，到底是什麼地方讓妳覺得我很不錯呢？」

「咦？這……這個嘛……應該說是真心愛著加奈子這一點吧？」

我才沒愛妳哩。這臭小鬼弄錯了吧，我怎麼可能喜歡上這種小鬼頭。

一點參考價值都沒有。

對了，我還有事情得對這個傢伙道歉呢。

「那個……加奈子。關於之前那場演唱會……」

我才剛開口……

「嘖！」

加奈子似乎就知道我要說些什麼而咂了一下舌頭。

「京介你啊……我唱歌的時候不在現場對吧。」

「抱歉！因為急事後來又多耽擱了一些時間！」

「加奈子親自招待你來參加這場活動，你知不知道自己有多光榮啊？」

「真的很抱歉！虧妳還給了我門票。」

原本想一直道歉到她氣消為止，但想不到加奈子很乾脆地就原諒了我。

「哼——算啦～那個時候看你真的很緊張，一定是有很重要的事情吧。」

這傢伙要是發現我是去接妹妹，不知道會不會發飆？

「我一定會補償妳的。」

「那還用說嗎，笨蛋。」

加奈子說完便大笑了起來。

「那……那妳想要我怎麼補償妳？」

不知道請吃飯能不能擺平這個壞心眼的小鬼……

當我正感到膽顫心驚時，卻聽見對方說出難以置信的一句話來。

「告訴我你家在哪。」

「……咦？為什麼？」

「怎麼，你不願意？」

「沒有啦……只是……妳要來我家？」

「對啊。」

回答得真乾脆……

「我現在一個人住唷？」

「哦～是喔。那又怎樣？」

「什麼那又怎樣。女孩子單獨跑到男生家裡不太好吧？」

「為什麼？」

由於她回答得太過於理所當然，害我忍不住就用責備的口氣對她說：

「妳啊……或許認為自己已經是情場老手了，但這樣真的不好，太危險了。」

「哇哈哈哈！」

對方竟然發出一陣爆笑。

「咦？難道你想對加奈子做什麼壞事嗎？」

「我才不會哩！」

「那就好啦，快告訴我嘛。」

「……」

這傢伙真的很恐怖耶……不過，加奈子和我之間——也不可能會發展出比兄妹還要親密的關係吧。就算真的有科幻小說裡那種平行世界，也不會出現任何我和加奈子有所牽連的未來才對。所以讓她到我家來應該也不會有什麼問題就是了。

「我才剛搬家，所以就算妳來也沒什麼可以招待的唷。廚房裡現在還只有瓦斯爐而已，可能連泡杯茶給妳喝都有困難呢。」

「真的嗎？」

咦？怎麼聽起來很高興的樣子。

「嗯……是啊。」

「這樣啊～那剛好啊。」

「什麼剛好？」

「嘻嘻嘻，祕密～加奈子要你當我的實驗對象唷。」

這是什麼意思。感覺上就是在打什麼歪主意……

「那妳什麼時候要來？」

「明天。」

太快了吧！

就這樣——隔天放學之後，加奈子來到了我的新居。因為擔心客人比我先到住處，於是便早點回來，結果證明我的擔心只是多餘。在我回家用功了四十分鐘左右，我家的門鈴才響了起來。

一到玄關去打開門，穿著便服的加奈子抬頭看見我後馬上開口這麼說道：

「你怎麼住在這麼破爛的公寓啊～你們家沒錢嗎？」

「要妳管。」

「那就打擾囉～♪」

話才說到一半，嬌小的加奈子便從我身邊經過跑進房間裡去了。

「咦？妳手上那布包是什麼啊？」

「嗯？你說這個啊？」

加奈子嘻嘻笑了一下後，瞄了一眼拿在一隻手上的布包。

「這個呢～嘻嘻，你聽見一定會高興的唷！」

帶著得意笑容的加奈子直接把圖案與她很不搭調的唐草花紋布包放到地板上，接著迅速把結解開。結果從裡面露出來的是——

「便當盒？」

「嗯。裡面是馬鈴薯燉肉和雞肉飯唷～」

加奈子拿出來的便當盒和麻奈實使用的一樣。是正月時裝滿年菜的那種便當盒。裡面除了有馬鈴薯燉肉和雞肉飯之外——還有厚片煎蛋捲、醬菜、滷南瓜等各種料理。

而且每一種看起來都像從商店裡直接買過來那樣的美味。

「這……這是妳做的……？」

雖然我的臉部不斷抽筋，不過我想認識加奈子的人一定都會跟我有同樣的反應吧。

「喂喂，為什麼露出不安的表情啊。話先說在前面，這些菜都很好吃唷！」

「真的嗎……妳真的會做菜？」

老實說從第一眼看見加奈子的瞬間，我就覺得她是那種絕對不會做家事的臭小鬼了。

「我現在正在學習啦～」

「哦……啊啊，所以才說我是實驗對象嗎？」

原來是要我試吃她所做的菜啊。

「沒錯。」

「真的嗎～那我還真是幸運耶。」

「就是說啊。」

「一般人絕對無法嘗到未來的超級偶像親手做的料理。」

「是嗎？是嗎？嗚嘿嘿……」

妳這傢伙怎麼老是因為這種單純的奉承就露出這麼高興的表情。

太好騙了吧……

明明平常的言行舉止都表現出一副經常換男朋友的樣子，這傢伙還真是讓人搞不懂。

「來，別客氣，盡量吃吧。」

「嗯，謝啦。」

雖然距離晚餐還有一段時間，但應該沒關係吧。何況得在這傢伙面前嘗嘗這些菜並且給她建議，才能盡到實驗對象的義務啊。

我把筷子往馬鈴薯燉肉伸去。夾起馬鈴薯、洋蔥與豬肉然後把它們一起放進嘴裡。

「那我開動囉。」

接著慢慢咀嚼起來。

「哦，真好吃。」

「我就說吧！」

「妳真的很厲害耶。」

就跟麻奈實做的馬鈴薯燉肉一樣好吃。

「這邊的雞肉飯也很合我的胃口。」

果然也跟麻奈實所做的雞肉飯同樣美味。

「嗚嘿嘿……那也吃吃看這邊的。」

「嗯？為什麼同樣是馬鈴薯燉肉還要在便當盒裡分成兩邊呢？」

「你吃就對了啦。」

加奈子露出惡作劇的笑容。

於是我便把不知道為什麼被隔離開來的馬鈴薯燉肉送進嘴裡——

「……好難吃。應該說怎麼這麼苦啊。」

我老實地說出內心的感想。這算什麼，根本就不能算是一道料理嘛……

至於受到嚴厲批評的加奈子則是把手臂交叉在頭部後方，一邊開懷大笑一邊說：

「這樣啊～果然很難吃嗎～」

「知道難吃還叫我吃！」

「不這樣怎麼叫做實驗～」

「我看……好吃的這邊一定不是妳做的吧？」

「嗯。」

「竟然馬上就承認了。明明剛才還擺出一副是自己親手所做的表情！」

「笨蛋，我不是已經說過在學習了嗎？反正最後也會做出同樣味道的菜來，所以也就跟加奈子做的一樣啦。」

這是什麼理論……

不過……她能夠如此明確地勾勒出「不久後便會做菜的自己」，這點倒是頗讓人佩服，說起來這也算是這傢伙的優點吧。

「喂喂，難吃的話就別再吃了。」

「也不是說真的難以下嚥啦。」

比桐乃在之前的情人節做的石炭餅乾要好吃多了。那根本已經是毒藥了。於是我就這樣交互吃著爆難吃的馬鈴薯燉肉與其他好吃的料理——

「我吃飽了。」

「嗯嗯。」

「有幫到妳了嗎？」

「咦？幫到什麼？」

「我不是妳料理的實驗對象嗎？」

我是問她這次試吃所說的感想是不是有助於日後的學習，但加奈子不知道為什麼卻露出一臉呆滯的表情……

「啊……啊～啊～啊～對喔。嗯，我想起來了我想起來了。」

然後說出這種意義不明的話來。

「妳在說什麼啊。」

「吵死了，幹嘛一定要打破砂鍋問到底。」

加奈子臉頰泛紅並且不斷揮動拳頭。

雖然這種時候還是照她所說的去做才不會自找麻煩，不過心裡頭總覺得有些奇怪。因為加奈子她不是會做這種事的人，所以她一定是因為某種理由——才會開始學做菜。

我看還是找個機會問她一下吧。

「我說加奈子啊……」

吃完飯也喝過茶之後，認為時機成熟的我便開口這麼說道。

「嗯～？」

順帶一提，和我一起吃便當的加奈子現在已經是飽食狀態了。

所以肚子也脹得像隻狸貓一樣。

「妳為什麼會忽然開始學做菜呢？」

「啊～因為想讓父母親嚐嚐看啊。」

「父母親？」

這個動機可真令人意外。如果是要做菜給男朋友吃的話還比較容易理解……沒想到原來是要給父母親吃的。

「我和爸媽處得很不好，目前正離家出走，寄住在成為社會人士的姊姊家裡。」

氣氛忽然變得相當沉重。

離家出走——雖然我是在父母的命令下才會搬出來過一個人的生活，不過這個名詞還是讓我相當在意。

「這些事情……告訴我沒有關係嗎？」

「這也不是什麼大不了的事。我現在沒有住在家裡了，但最近老爸好像生病。當然不是馬上會死掉的那種病啦。不過……我還是覺得也差不多是時候跟他們和好了。」

雖然她是用開玩笑的語氣來說這段話……但這傢伙真的很了不起。

「不過呢，你也知道我的個性吧——所以才會跟父母處不來——因此多少還是要有點改進，才能跟父母和好吧。」

「所以——妳才會開始學做菜？」

「嗯。我請綾瀨介紹師父給我唷。」

「這樣啊，妳做菜的師父嗎……」

「雖然是個戴眼鏡的歐巴桑，但很會教人，而且做的菜也很好吃唷？」

「吃過剛才的馬鈴薯燉肉就知道了。」

原來如此。其實這傢伙也有很多煩惱嘛。雖然我在這一年裡每天都過著驚濤駭浪般的日子，但說不定這根本算不了什麼呢。

因為每個人——都活在自己特別的人生當中。

「那我也可以問你一件事嗎？」

「嗯，可以啊。」

這時加奈子臉上出現前所未見的燦爛笑容，並且拿出一直藏在背後的物品。

「——這個『妹妻』是什麼東西？」

「是遊戲啊。」

我一臉嚴肅地這麼回答。等一下，為什麼妳會有這東西……！

「這樣啊～遊戲的名稱呢？」

「《自動送上門的妹妻～禁斷的兩人生活～》。」

「去死吧你。」

「…………」

別面無表情地叫人去死好嗎……！這樣我真的會很想去死耶……！

「等一下！說起來那個東西我應該已經藏在摺好的棉被裡了吧！」

「我想說你會不會在裡面藏色情書刊，結果手伸進去後卻拿出更猛的東西來。」

妳這傢伙太沒禮貌了吧……！

可惡啊～～！還以為搬出來一個人住之後，就不會再遇到像這種成人物品被發現的尷尬事件了！

怎麼完全相反啊！

「喂，京介。別想藉由發飆來把事情矇混過去啊。」

「妳……妳誤會了！」

誤會什麼了呢，京介。快想想啊京介。要怎麼說才能夠脫離這種絕境呢……！

看來——也只有發動我久違的最強藉口了！

「那不是什麼奇怪的遊戲唷？」

「這應該是成人遊戲吧？」

「不是唷。」

「真的不是？」

「真的不是。」

「…………」

加奈子指著印在盒子側邊上的色情ＣＧ並且問道：

「那這張插畫上的女孩子……裸體蹲在地上做什麼？」

「在吃香腸啊。」

我怎麼可以跟國中女生說這種話啊。

混得過去嗎？要是加奈子繼續追問下去的話就不妙啦！

「…………」

這段無言的時間真是讓人胸口發疼……！

「唉～」，加奈子像是很無奈般嘆了口氣。

「……這是成人遊戲吧？」

「是的。」

我還是投降並且正坐在她面前了。我這人怎麼老是逃不過在女孩子面前擺出這種姿勢的活動呢。這時加奈子已經進入齜牙咧嘴的說教模式。

「你也太誇張了吧──你不是有妹妹嗎？為什麼還有這種妹系的成人遊戲！」

「那……那是……」

妹妹拿來給我的──這叫我怎麼可能說得出口呢！不過……等一下？

「喂喂，加奈子……」

「啊？」

「我有跟妳提過……我有妹妹嗎？」

「──」

加奈子露出「糟糕了」的表情。

「…………」

「喂……喂……幹嘛不說話？」

「沒有啦……啊～算了。我原本不知道該不該跟你說的。」

「京介，你是桐乃的哥哥吧？」

「……妳為什麼會這麼認為？」

其實這個時候我已經等於承認了這個事實，但加奈子還是很仔細地回答了我的問題。

「因為之前『梅露祭』的時候，你不是和穿著婚紗的桐乃遲到了一會兒才入場嗎？」

被她看見了嗎……

「而且你們兩個的姓氏又一樣。當時我覺得布莉姬的表情似乎有點奇怪，逼問她之下，她才說之前和桐乃在一起的男朋友長得跟你一樣。綜合這種種的事跡之後，應該任誰都能得到這樣的結論吧？」

哇喔～一連串的地雷全都爆炸了。

看來沒辦法否認了。

可惡，這傢伙……之前明明連我長得什麼樣子都不記得！

「嗯，我的確是桐乃的哥哥。」

「果然是這樣嗎。京介是桐乃的哥哥——然後你們兩個正在交往。」

「我們才沒交往！為什麼會有這種結論！」

「因為桐乃自己都說你是她男朋友了，而且你還有這種妹系成人遊戲。」

這些理由還真的滿有說服力耶！

「怎麼可能和自己的妹妹交往啊！那時候我只是假裝成她的男朋友而已，而這個色情遊戲是某個萌妹妹的笨蛋塞給我的啦！」

怎麼樣！我可沒說謊唷！

「那桐乃是御宅族囉？」

「……！」

不……不要這樣一直逼問我好嗎！而且盡是說些超危險的話題……！妳這樣我根本來不及反應啊！

但是……看樣子已經完全被她發現了。唉……說起來原本就有很多不自然的地方存在，現在又加上桐乃去參加上次演唱會的情景也被她看見——

「不過……我想應該不可能才對♪」

「咦？」

這傢伙剛才說什麼？

「那個桐乃怎麼可能會是御宅族呢！看起來完全不像嘛！」
難……難道說……過關了？我默默地注視著加奈子（↑笨蛋）臉上的表情。
「不過～那麼桐乃又為什麼會出現在那裡呢……嗯～～～～～～～～」
加奈子把食指放在嘴唇上，接著噘起嘴巴開始思考。
最後用力拍了一下手，用異常燦爛的笑容說：
「我知道了。京介是帶她演唱會來幫加奈子加油的吧！」
「加奈子……妳真的很善良耶！」
抱歉，我不該認為妳是笨蛋的……！
「嗚哇，別靠過來啊，很噁心耶！你……你幹嘛自己在那裡感動啊？」
「沒有啦，忍不住就……」
因為明明被目擊到如此具決定性的一幕了，桐乃御宅族的身分竟然還是沒被揭穿。
這傢伙也太信任桐乃和我了吧。實在是天真到讓人想好好保護她啊。
「順便問一下，如果桐乃真是御宅族的話妳會怎麼樣？」
「嗯～這個嘛……可能會調侃她說『桐乃原來是阿宅啊，真噁ｗｗｗ』，或者是用演唱會門票當誘餌，要她幫我按摩肩膀吧～」
聽起來完全沒問題嘛！

喂喂喂，大家看見了嗎——心胸多麼寬大啊！這傢伙真的是個大人物！真想讓一年前夏Comi時整個人發飆暴走的綾瀨小姐喝一下用加奈子的指甲垢煮的茶！然後欣賞一下她因為受不了當時的自己而痛苦扭曲的表情！

來栖加奈子。看來我是有點誤會這個傢伙了。

「喂，加奈子……」

「什麼事？」

「今後——也要請妳多照顧桐乃了。」

「喔？怎麼突然說這種話？」

「別管啦。萬事拜託了。」

「哦……」

加奈子露出訝異的表情並且歪起頭來。

但馬上又以充滿自信的笑容豎起大拇指來，豪爽地接下了這個任務。

「嘻嘻，還用你說嗎！就交給我吧！」

變得異常高興的加奈子回去之後，我便把麻奈實借給我的數學題庫攤開在桌面上。

「今天就從這科開始吧。」

雖然最危險的科目是英文，但也不能因此而輕忽了其他科目。

於是我便為了下個月的模擬考而開始努力用功……但在集中精神兩個小時左右之後，感到疲累的我也開始不停地打起呵欠來了。

「稍微轉換一下心情吧……」

沖個熱水澡是我所知道能夠最快重新打起精神來的方法。先讓熱水溫暖身體，然後喝罐冰咖啡並且稍作休息——接著才繼續用功。這樣做的話看書將會非常有效率，所以各位考生也可以試試看這個方法。

「呼～」

於是我便真的去沖了個熱水澡。用吹風機吹乾頭髮之後，我隨即到廚房去打開冰箱。要是讓妹妹知道我在半裸狀態下做出這種事，一定會挨罵吧。

我一口氣喝完罐裝冰咖啡，然後「噗哈」一聲呼出一口氣。

——唉呀，有冰箱真是太好了。這都要感謝桐乃！

回到房間裡的我按下ＰＣ的電源。接著起動瀏覽器，理所當然地閱覽起之前赤城告訴我的綾瀨私人粉絲網站「Lovely My angel小綾瀨♡粉絲部落格」來。自從那天之後，我便經常藉由瀏覽這個部落格來撫慰我因為拼命看書而疲累的心靈。

「今天是什麼樣的照片呢……」

喀嘰喀嘰。捲動螢幕上的畫面後，最新文章馬上映入我的眼簾。

【今天也和小綾瀨在一起唷】

＊＊＊＊綾瀨的照片＊＊＊＊

早安啊小綾瀨。妳今天還是那麼可愛♡

綾瀨：「沙也佳也很可愛唷♡」

沙也佳：「耶嘿～還是比不過小綾瀨啦♡」

綾瀨：「沒這回事啦///」羞答答

沙也佳：「本來就是啦～」咿嘻

綾瀨：「真的嗎……？」盯

沙也佳：「嗯♡」

綾瀨：「那……妳喜歡我嗎？///」含情脈脈

如果這樣的話～♪如果這樣的話～♪如果這樣的話～♪呀～那該怎麼辦啊！

＊＊＊＊綾瀨的照片＊＊＊＊

綾瀨總是那麼地可愛。好想舔舔從毛衣裡露出來的雪白後頸唷♡

****綾瀨的照片****

唉呀～♡惱人的風把小綾瀨的裙子吹起來了！

小褲褲若隱若現的小綾瀨。真是好險哪～

****綾瀨的照片****

降臨到人界的天使。

小綾瀨的背後什麼時候會長出翅膀來呢？

那麼再見囉♪晚安小綾瀨♡

——幾乎每一次都是這種感覺的文章。

「唔姆，這部落格還是一樣無腦。」

故意寫得像詩一樣的文字更讓人覺得噁心。

雖然部落格的主人是個真正的笨蛋，但還是感受得到她對綾瀨的喜愛。

「不過雪白的後頸真的很棒啊～」

我一邊這麼呢喃，一邊迅速把小綾瀨今天的照片保存下來。這個部落格的主人——沙也佳小姐雖然老是寫那種噁心的文章，但似乎是把天使小綾瀨視為神聖的象徵，所以一直沒有刊登任何帶有情色味道的照片。定期瀏覽這個網站之後，就能夠知道這裡絕看不到綾瀨露出小褲褲的照片。

「呼……充電完畢。」

我關閉瀏覽器，再度把注意力集中在眼前的題庫上。

隔天早上。我因為門鈴的聲音而醒了過來。

「……嗯啊……」

看來是書看到一半就睡著了。

「好痛啊……」

因為趴在桌上睡了一整夜，所以身體的關節感到相當疼痛。於是我便伸展身體來舒緩僵硬的肌肉。

——叮咚。

「嘖，吵死了」，我看了一下柱子上的時鐘。「才六點而已……是哪個笨蛋啊？」

別管了。還是繼續用功吧。

當我準備繼續計算解到一半的數學問題時——

叮咚～叮咚～叮咚～叮咚～叮咚～

——門鈴忽然連續響了起來。

可能是來推銷報紙的吧。一個人搬出來住之後就是會遇上這種煩人的事情。住在家裡的時候，只要老爸出去應門，來拉生意的營業員通常就不會再來，說起來真是相當輕鬆啊。

「算了——只要丟著不管，一陣子後就會放棄了吧。」

我這個人基本上最討厭麻煩了。當有了這種想法的我開始不理會門鈴聲後……

叮咚～叮咚～叮咚～叮咚叮咚叮咚——

「受不了，這傢伙怎麼這麼纏人啊！」

用力站起來的我，馬上就因為仍未完全清醒而跌了一跤。

「好痛……」

腳踝扭到了啦。就在我跌坐到地上的時候，門鈴依然不停地催促我前去開門，所以無法等待疼痛退去的我只能像隻蟑螂般爬到玄關去。

爬爬爬爬——**喀嚓**。

「嗯？喀嚓？」

我……我怎麼好像聽見用鑰匙開門的聲音呢！

同一時間，玄關應該已經上鎖的門也嘰的一聲被推了開來。

——我的視界正面首先看到一雙雪白的腳。抬起臉往上一看，馬上就發現一名漂亮的美少女正低頭望著我。

「……你……你在做什麼啊？大哥。」

「綾……綾……瀨？」

闖入者的真正身分就是新垣綾瀨。她是桐乃的好友、同班同學兼模特兒同伴，同時也是一名超級美少女。

真人的可愛程度果然不是照片所能比擬。

身穿制服的綾瀨在注意到我與她之間的位置關係之後，隨即發出「呀」的可愛叫聲並且害羞地按住前面的裙子。不由得整個人抬頭看著她的我，帶著豁出去的心情全力吐槽——

「我……我才想問妳在做什麼呢！妳是怎麼開門的啊！」

「你……你在看哪裡啊！」

正打算移動視線時，我的頭就被皮鞋狠狠踩了下去。

「色……色狼！你……你就這麼想被我踩在腳底嗎？你真的是個變態啊！」

誰想被妳踩啊！別忽視我的問題好嗎！還有我差一點就能看到啦，可惡！

雖然我很想表達以上的主張，但我的頭部目前正因為綾瀨腳底的施力而承受著巨大壓力，只能和玄關的腳墊接吻而無法做出任何辯解……！

「……恭……恭喜你搬新家，大哥。」

竟然……用踩著人家頭的姿勢開始了日常會話……？難道說這種超級異常的景象，對綾瀨來說已經是再正常也不過的事情嗎……！

不愧是綾瀨大人，每天都過著驚險萬分的生活。

「……你……你好像在想某種沒禮貌的事情吧！」

既然能夠讀出我的心思，那能不能請妳趕緊把腳拿開啊！

「咦？被我踩得很高興——不……不要說了！太噁心了……！」

「妳……妳別捏造別人的思考好嗎！我根本就沒有這麼想呀！」

我像在做伏地挺身一樣，一邊努力推回綾瀨的腳底一邊辛苦地提出辯駁，這時她才往後退了一步拉開和我之間的距離，用若無其事的表情說：

「哼，我只是根據大哥平常的言行舉止來模擬你可能會說的變態台詞而已。」

「我不是說過不會再對妳性騷擾了嗎！」

「這不代表過去的罪過就能夠被原諒。」

「話是沒錯啦！」

我一邊撫摸發疼的額頭一邊站起身來說：

「但最近很多時候都是妳誘導我陷入不可抗拒的性騷擾狀況裡啊。」

「你……你在胡說些什麼啊……！」

其實就連我都不太清楚自己在說些什麼——不過我真的覺得最近綾瀨總是故意讓我對她性騷擾，然後才很高興地對我施以制裁攻擊。

……這果然只是我的被害妄想嗎？但是……

「我怎麼可能會這麼做！這種沒禮貌的說法本身就是性騷擾了！」

「但妳之前也……」

「之前也怎麼樣？」

「……要是我說出來又要被妳認為是在性騷擾了……」

「不說的話我怎麼會知道。」

「……那我就說囉——啊，這絕對不是性騷擾唷！」

「好好好，我知道了。有話想說的話就趕快說吧？」

「加奈子的演唱會前，在休息室裡……妳，那個……不是對我做了很多事嗎？」

「什麼叫很多事？你……你說說看啊？」

「像故意讓我看見胸口之類的……」

碰磅！書包的全力揮擊在我的側臉上炸裂。

「我才沒有那麼做呢！那……那只是稍微把臉部靠過去而已……！你……你你你……你在

看哪裡啊！」

「已經先聲明不是性騷擾了，結果還是這種下場嗎！妳到底想要我怎麼樣嘛！」

「我覺得你去死好了！」

「但故意讓人看見胸口不也是性騷擾嗎？」

「我說過不是那樣了吧！應……應該說臉靠過去的話，那看臉就好啦！為什麼會看那種出乎人意料之外的部位呢，這個大變態！」

「話說回來，妳把臉靠近的行為又有什麼意義呢？」

「沒——」

羞紅臉的綾瀨瞬間停止呼吸，雙眼變成＞＜這種模樣。

「沒什麼特別的意思！」

「…………」

「……有什麼問題嗎？」

她噘起嘴巴，稍微瞄了我一眼。

「是沒有啦……」

這女人真是讓人搞不懂耶。已經比桐乃還不講理了吧？尤其最近這種傾向特別嚴重。

「那個……」

該怎麼辦呢？

「我看……還是先進來吧？」

「好的……那就打擾了。」

綾瀨固然神經質，但也沒有說出「邀我進到房間裡去也是性騷擾」這種話來。

「你就隨便坐吧。」

「好的……」

綾瀨以順從的態度坐了下去……那模樣讓人難以相信她一登場時就已經胡鬧了好一陣子。

我先拿了杯果汁給綾瀨，接著又到洗臉台洗完臉，然後才回到房間裡這麼說道：

「雖然有很多事情想問……不過，首先呢……綾瀨……」

「什麼事？」

「妳是怎麼打開我的房門的？」

「當然是因為我有備份鑰匙啊。」

「為什麼妳有我家的備份鑰匙！」

「…………」

「別不說話啊！」

「……我只能說，是從某個管道入手的。」

「我家的鑰匙在某個黑暗通路裡能買得到嗎！」

我開始覺得非常不安了！

之後我還是試著逼問綾瀨鑰匙的來源，但她都只是避重就輕地把話題帶過。最後我只能放棄追問，直接轉換了話題。

「嗯……那個……雖然不知道為什麼花了那麼多時間才輪到這個問題——不過綾瀨，妳一大早就跑來我家做什麼？」

雖然這樣問女生實在有點失禮，但打從一大早就不斷努力吐槽的我真的已經累了。所以希望大家能夠原諒我這種粗魯的行為。

「啊啊……那是因為……這個東西。」

綾瀨選在大家仍在睡夢中的早晨，特別跑到我家來的理由馬上就要揭曉。

這時她緩緩把手伸進書包裡——

拿出了一把菜刀。

「呀————！」

我馬上跳起來準備逃走。但轉過身子的我，手腕馬上就被人抓住——不用說，抓住我的人當然就是綾瀨了。就像夏Comi當天她抓住桐乃的手腕那樣，她的手宛如老虎鉗一般緊握我的手腕不放。然後開始慢慢用力……

「要……要被殺掉了……！」

「我才不會殺你呢！來，看仔細一點！」

「咦……？」

回過頭之後，我馬上發現刀子就架在我的脖子上。雖然背後馬上有一道惡寒流過——但仔細一看，才發現菜刀上還套著塑膠刀鞘。

「真是的……你覺得這樣能殺人嗎？」

「……迅速拔出刀鞘，然後用居合斬的要領的話呢？」

「你希望我這麼做嗎？」

「不希望。」

太恐怖了吧……

「真是的……為什麼每次都會變成這種情形呢。」

因為綾瀨拿著菜刀的模樣就是會讓人本能地感到恐懼啊。

「如果不是要幹掉我……那這把菜刀是……」

「當然是要送給大哥的禮物啦。是慶祝你搬新家的禮物。我就是為了把它交給你才會到這裡來的。」

「搬……搬新家的禮物……？要送給我的？」

「是……是的。不行嗎……？」

「也不是不行……」

送這種東西是要把人嚇死嗎！

不過送菜刀當成搬家的禮物，說起來也挺合理啦。

而且我這裡剛好沒有菜刀，老實說的確還頗為實用呢——只是「綾瀨與菜刀」的組合……總是會讓人覺得……是個充滿獵奇感的搬家禮物。

「……我會好好使用它的。感覺好像很鋒利的樣子。」

綾瀨送的就是會讓人有這種感覺。

「是的。我仔細調查之後，才選擇了這款非常鋒利的菜刀。」

「這……這樣啊？」

應該沒有什麼其他的意思吧？

「嗯嗯，真的很抱歉這麼早就來打擾大哥。不過，我放學之後剛好沒有時間……」

「沒關係啦。倒是……妳從誰那裡聽說我自己搬出來住？」

「是姊姊告訴我的。」

原本認為不是桐乃就是麻奈實說的，結果果然是麻奈實嗎？

綾瀨和麻奈實的感情真的很不錯耶。

「順便問一下，麻奈實也告訴妳我搬家的理由了嗎……？」

「聽說是為了集中精神看書吧？好像沒拿到A判定就不能搬回去對吧。呵呵——真是了不起呢。」

呼……不愧是麻奈實。自動幫我省略了跟桐乃相關的部分。

「嗯，這也算是個好機會啦。可以全力衝刺來面對這次的模擬考。」

「那就請大哥多加油囉。啊，對了，這件事也得先告訴你才行……其實呢，姊姊也邀請我參加慶祝大哥搬家的派對了。」

「啊啊，妳也要來參加嗎？」

麻奈實——妳真的是全世界最貼心的青梅竹馬啊。

「是的，然後——姊姊也拜託我邀請桐乃一起來參加。」

麻奈實——妳真的是全世界最多管閒事的青梅竹馬啊。

「怎麼了嗎？」

綾瀨歪著頭露出楚楚動人的表情。

話說回來……這傢伙明明是桐乃的好友——而且與麻奈實的感情也很好……卻完全不知道桐乃和麻奈實之間的關係。

於是我只能搔著臉頰並開口表示：

「其實桐乃和麻奈實……兩個人勢同水火啊。」

「咦？是這樣嗎？但姊姊的表情——完全看不出來她和桐乃的感情不好。」

「嗯……其實麻奈實並不討厭桐乃……而是桐乃她……」

「桐乃她單方面不喜歡姊姊嗎？」

「大概就是這樣吧。別問我為什麼，因為我也不知道。」

「這樣啊……真令人感到意外。」

「意外？會嗎？桐乃和麻奈實看起來就是個性完全相反的兩個人，怎麼可能合得來嘛～」

「咦？」

「？」

雖然我認為這是再明顯也不過的事情，但是為什麼綾瀨會出現這種反應呢？

當我們因為彼此對話湊不起來的部分感到困惑時，綾瀨像是注意到什麼事情般開口表示：

「啊，對喔。哥哥你——幾乎沒看過在學校的桐乃對吧。」

「那是當然了，我們又不同校。」

「呵呵，那就難怪了。」

發現自己知道桐乃不為我所知的另一面，綾瀨馬上得意地挺起胸膛。

「學校裡的桐乃真的非常溫柔——總是細心照顧每一個人，臉上也一直掛著宛如太陽般的笑容……可以說是受到全校學生尊敬的女神呢。」

「…………」

太誇張了吧，那種目中無人的任性妹妹哪裡像女神了？

我雖然在心裡冷靜地如此吐槽——但想起第一次遇見綾瀨時的事情後，想法也就稍微有點改變了。朋友們來家裡玩的時候……桐乃這傢伙確實變得特別乖巧。雖然在我眼裡看起來——她只是戴上假面具然後噁心地裝出可愛的模樣而已。

不過……如果事情不是我想的那樣呢？桐乃其實沒有故作可愛，那也是她的真實的一面。

「桐乃在我看不見的地方……都是那種模樣嗎？」

「嗯。」

「這樣啊……」

確實……如果是綾瀨所說的「學校裡的桐乃」，個性上似乎就不會跟麻奈實合不來了。

「但是，桐乃遇見久違了的麻奈實時，態度真的非常差勁唷？」

「啊哈哈，桐乃和大哥在一起的時候的確特別有精神。」

「不只特別有精神而已吧！每次都一定會大鬧一番啊！」

「嗯嗯——所以——那一天連我也嚇了一跳。因為——我還是第一次見到那樣的桐乃。」

「…………」

那一天指的是……桐乃因為事故而被我壓倒在地上並摸到胸部……然後整個人發飆把我扁了一頓後趕出家門的事情嗎？

那也難怪妳會嚇到啦……

「所以那天的回家路上——我們幾個人都在談論關於大哥你的話題唷？」

「我想一定是在說我的壞話吧！像是變態哥哥去死吧之類的！」

「啊哈哈，大致上是這樣。不過——算了，這還是不要說吧。」

「喂，別在這種讓人在意的地方停下來啊。」

「呵呵，竟然想要知道女孩子之間的對話內容——大哥，這樣很不知羞恥唷？」

妳的笑容比較不知羞恥吧。

嗚……想不到我不再對綾瀨性騷擾的決心竟然產生了動搖……

不知道我正在打歪主意的綾瀨稍微用舌頭舔了一下嘴唇，說了句「不過呢」之後就把話題拉了回來。

「如果姊姊和桐乃的感情不好，那就得想個辦法才行。」

「關於這件事情，我老早就放棄了——不過要是真能改善兩人之間關係的話，我倒很願意幫忙。」

「嗯嗯——我想姊姊一定也希望我們能夠幫忙。」

麻奈實這傢伙之所以會請綾瀨邀請桐乃來參加派對……

就是想要創造跟她和好的機會嗎？

「好……就這麼決定！我們就試試吧！」

我下定決心並挺直了身體。

「這才像大哥嘛。」

「我不知道已經受到麻奈實多少照顧了。如果她想和桐乃和好，我一定會盡量幫忙。」

這是再正常不過的事情了。雖然這只是比喻，不過如果我這條命可以救麻奈實的話，那我會毫不猶豫地把它捐出去。

「請讓我也出一份力吧。我也受到姊姊很多的照顧呢。」

「當然沒問題啦。應該說，我雖然很有心幫忙她們，但光靠我一個人根本做不了什麼。」

「是的，我很清楚大哥一個人根本做不了什麼事。」

喂，也不用如此肯定吧……

事情就是這樣。

我和綾瀨為了讓桐乃與麻奈實和好，決定站在同一條戰線上共同作戰了。

「話雖如此，但從現狀上看來，要讓桐乃和麻奈實和好似乎真的不太可能耶～」

「情況有這麼糟嗎？」

「嗯。」

綾瀨沒有看見所以不知道。桐乃對麻奈實的所作所為實在是太惡劣了。

桐乃就像是《灰姑娘》裡的繼母一樣。

「看來需要多找幾個能安撫桐乃的傢伙……」

「大哥有適當的人選嗎？」

「嗯——」

首先浮現在我腦海裡的，是發飆的巴吉納，也就是槙島沙織。她最近因為老是沒參加到重要事件的憤怒而覺醒，變得比較常以脫下圓滾滾眼鏡之後的超級大小姐模樣出現在我們面前，而且那種無人能及的協調能力也繼續不斷在成長當中。何況她的性格本來就相當沉穩，算是能夠壓抑暴走桐乃的最適當人選了。

而另一個人選就是，在某方面算是和綾瀨完全相反的，桐乃「另一邊的好友」——

「嗯，我這邊會想一些作戰方式啦。」

「那就拜託大哥了。」

綾瀨輕輕點了一下頭，然後便以楚楚動人的姿勢站了起來。

「咦？要回去了嗎？」

「是的，事情已經辦完了。我沒有什麼話要和大哥說的了。」

「這樣啊……」

不要最後又補上一句只有被虐狂才會感到高興的話好嗎？

「雖然還有不少時間……但我還是準備一下就到學校去吧。」

「呵呵。那我就先告辭了。」

看見我露出失望的表情後，綾瀨露出滿意的笑容，然後起身從玄關往外走去——

叮咚～

當她正要出門時，我家的門鈴又響了。

「呃，又是誰來了。」

「啊，我來開吧。反正我也要出去了。」

「喂喂……」

還來不及阻止，綾瀨便已經拉開玄關的門——

然後直接和黑貓打了個照面。

「…………（綾瀨）」

「……………（黑貓）」

……這沉默是怎麼回事啊？

還……還是先說明一下吧。黑貓的本名叫五更瑠璃，是一名前陣子仍是我學妹的嬌小黑髮女孩。她除了是桐乃「另一邊的好友」之外，也和我交往過短短的一段時間。這其中的關係相當錯綜複雜，請恕我就省略不談了。

而且現在不是說那些事情的時候。應該說，為什麼這傢伙會出現在這裡啊？

依然保持開門姿勢的綾瀨就這樣和黑貓對峙著。

「那個……請問妳是哪位？」

「我才想問——妳是哪位呢？」

有哪個傢伙能夠承受這種冰霜般的寒冷氣氛呢？

「我叫做新垣綾瀨。」

「新垣綾瀨……？好像有聽過這個名字。」

我慢慢切入瀰漫著一股危險空氣的兩人之間，然後把綾瀨介紹給黑貓認識。

「她是桐乃的同班同學。我們第一次去夏Comi時，在回家路上妳也曾見過她一面吧。」

「啊啊……就是那個時候的……」

看來她似乎想起來了。接下來我便向綾瀨介紹黑貓。

「這位是黑貓。她是桐乃的御宅族朋友。」

「我知道。」

綾瀨側眼狠狠瞪了我一下……

「她是——大哥的前女友對吧？」

「…………沒錯。」

幹嘛一定要用這種把小刀刺進我傷口並且拚命轉動的說法呢。

就不能夠稍微替我這顆纖細的心著想一下嗎？

「然後呢……？那個——身為前女友的黑貓小姐，為什麼這麼早就跑到這裡來找大哥呢？」

「……我才想問綾瀨妳為什麼要擺出一副我現任女友的態度呢？」

綾瀨這才回過神來，表露出明顯產生動搖的態度。

「你……你這是什麼問題啊！不……不不不要說這種奇怪的話好嗎！」

戳戳！

「喂，不要用菜刀戳我好嗎！雖然套著刀鞘，還是很危險啊！」

「這是大哥你自作自受！」

當我和裝備著菜刀的綾瀨拌嘴時，忽然有人從背後拉著我的袖子。

拉、拉……

回過頭一看，發現黑貓正面無表情地抬頭看著我。

「哎唷，抱歉喔，黑貓。沒好好招呼妳。」

嗯……剛才介紹到一半就因為要吐槽綾瀨而忘記黑貓的存在了——

不過，這傢伙一大早就跑到我家來做什麼呢？

就在我準備開口提出這個問題的時候，忽然就注意到一件事情。

「黑貓妳……」

「什……什麼事？」

眼神和黑貓對上的瞬間，她便羞紅了臉頰低下頭去。當我們在交往時，就曾經看過好幾次她這種可愛的表情。

「身上那是新制服吧——」

「……嗯。」

黑貓的新制服是黑色布料加上紅色領結的水手服。想不到竟然還有服裝如此適合有著一頭漂亮黑髮與雪白肌膚的她。跟相當熟悉的哥德蘿莉服與交往時常穿的那套白色洋裝比起來也絲毫不遜色。而且這時候的她，很不可思議地竟然看起來比穿著其他服裝時還要成熟。

「怎……怎麼樣呢……」

「看起來成熟多了。」
「是……是嗎？」
「嗯嗯。不過——總覺得……有點寂寞。」
因為我再也看不見穿著「那套制服」的黑貓了。
「是啊……我對那套制服也有種特別的感情。」
「這樣啊。」
「嗯嗯。」
在同一所學校上課、參加同一個社團、一起上下學——
雖然只是很短的時間，但卻相當快樂。如果黑貓也跟我有同樣的想法就好了。
忸忸怩怩的黑貓眼睛往上看著我並且說：
「我家裡還有那套制服……如果學長想看的話，我可以穿給你看唷。」
「喂，別說得好像我是個制服控一樣！」
「……不是嗎？」
「才不是哩！剛才是在感傷的心情下才會說出那種話！」
「呵呵，我早就知道了。」
「唔……」

可惡……完全被她玩弄於股掌之間。真正交往之後才知道，這個女孩對於距離感的拿捏跟正常人有點不同——應該說，只有在確定我不會對她亂來的情況下，她才會變得相當積極。當然我指的是男女情事方面。明明只要出現稍微煽情一點的氣氛就會羞得要死……卻還那麼喜歡玩火，我看乾脆叫妳好色貓好了。

「喂喂，大哥……」

我的袖子又被人從後面拉了一下。把臉轉過去之後——

面無表情的綾瀨正用手指戳著我的臉頰。

「……那個～請不要無視我的存在好嗎？」

生氣了……她以可愛的模樣生氣了……

「喔喔，抱歉。」

「哼……哎唷，妳還在啊？真是不好意思哦——我們只沉浸在兩人世界裡。不過這也是沒辦法的事，因為這個男人的靈魂早已是永遠屬於我的東西……」

黑……黑貓……妳為什麼要挑釁綾瀨呢……

啊！我因為背後忽然感到一陣惡寒而瞄了一下綾瀨的臉。結果馬上就看見——

「大哥是屬於妳的……『東西』？」

「咿！」

眼睛失去光彩的綾瀨……不對，應該說帶著微笑的惡魔就站在那裡。

「啊哈哈，真是笑死人了。你們已經分手了吧？」

「……呵……什麼分手了，那只不過是我為了晉級到下個位階而暫時撤退而已。」

「……雖然不知道妳在說什麼，不過我可以確定妳沒資格當桐乃的朋友。」

「妳憑什麼這麼說？」

「那還用說嗎？桐乃她不是說過了嗎？她說不想哥哥和任何人交往。希望哥哥只重視她一個人就好。而大哥最後也捨棄妳而選擇了桐乃——所以身為桐乃好友的妳應該就此不再跟大哥糾纏才對吧。我有說錯嗎？」

「妳錯了。」

黑貓挺起胸脯如此斷言道。

「新垣綾瀨小姐——看來我們的想法完全不同。」

「是嗎？那妳就是桐乃的敵人囉。」

「這妳又錯了。我是桐乃的朋友。」

她們兩個人完全不理我，從超近距離瞪著對方。接著吵架吵得越來越兇。

「妳算什麼朋友？做出桐乃討厭的事情——還敢說是她的朋友嗎？妳這隻賊貓——！」

「賊貓……？」

黑貓一邊發抖一邊握緊拳頭。

「妳給我聽好了——」

啪！黑貓用力睜大眼睛，拍著胸脯並大叫著：

「我就算京介和他親妹妹[redacted]（嗶——）都沒關係唷！」

「什……什……」

黑……

黑貓————！

妳這傢伙！到底在胡說些什麼！怎……怎怎怎麼能講出如此荒謬的事情來呢！

這丟臉的程度已經不光是自慰發言所能比擬的耶——！

「…………性……性……性……」

這時就連惡魔綾瀨也只能紅著臉僵在現場！

而臉紅耳赤的黑貓則是一邊喘著氣一邊又大叫著：

「我是那個女人的好友。也是最了解那個女人想要些什麼的夥伴。就算京介是個不在乎近親相姦的鬼畜我也能夠毫不遲疑地愛他，如果桐乃願意的話，我也可以把第一名的位置讓給她。但我倒要反問綾瀨小姐妳了，妳又如何呢？如果桐乃真的愛上了自己的哥哥，妳能夠接受這個事實嗎？」

「怎……怎麼可能接受呢——！絕不可能！」

「是嗎？那麼那個時候，妳就會變成桐乃的敵人了。」

「嗚！」

綾瀨咬牙切齒地用手指著黑貓說：

「絕……絕對不會有這種情形出現！變……變態！變態變態變態！」

「哼，變態就變態。隨便妳要怎麼叫。」

……完全豁出去了。這下子……我想吐槽也吐槽不完了……

「我……我說……黑貓啊……」

「……什麼事？」

「那……那個……」

嗚，一定得讓她恢復正常才行——我下定決心後便開口這麼表示：

「桐乃她想要和我■■■■（嗶—）嗎？」

聽見我這最基本的問題後，黑貓沉默不語，看起來就像是時間暫停般整個人僵住了。

幾秒鐘之後……

「嗚～～～～～～～～～～～～」

她的臉紅得像煮熟的章魚一樣。不但全身微微地發抖，嘴巴也不停地開合著。

「那個，剛才的……！我不是那個意思……！」

這傢伙從剛才開始聲音的控制鍵就已經壞掉了。

黑貓不停揮動雙掌並說道：

「那……那只是比喻！只是比喻而已！」

「這……這樣啊。原來只是比喻啊！」

不是比喻的話就糟了吧！為什麼我一定得和妹妹[redacted]（嗶——）才行啊！

這個電波女真的不要緊嗎？

不過——幸好桐乃不在這裡！要是讓她聽見剛才的對話，那可真是尷尬死了！

「先……先別管這個了！趕快進來吧！沒什麼東西可以招待就是了！」

「好……好吧！我就先進去吧。」

為了讓這個話題結束，我只好趕緊請黑貓進到家裡來。剛才像是玄關守護神一樣擋著門口的綾瀨小姐也因為黑貓的超級無恥發言而陷入了無法行動的狀態。

黑貓環視了一下我那六張榻榻米大小的套房，然後真心地稱讚道：

「真是不錯的房間。」

說完後又對我露出了微笑。

「真……真的嗎？」

我倒是覺得這裡有點破舊耶。

「嗯嗯——雖然建築物有點年紀了，但保養得相當好。柱子看起來相當堅固，牆壁也很厚。聽說是學長的爸爸幫忙找到這間房子的對吧？」

「嗯。」

「這樣啊。呵呵，看來他一定很疼兒子吧。」

「這我就不知道了。不過還是很感謝他啦。對了……妳剛剛叫我『學長』……」

我們明明已經不是學長學妹的關係了……

黑貓臉上帶著一絲憂鬱的微笑，抬頭看著我並且說：

「……就算不同學校了，學長還是學長唷。還是說……你討厭我這麼叫你？」

我連忙不停搖著頭。

今天的黑貓真的有種成熟的韻味。不知道該說是嬌豔還是……

總之就是散發出一種讓人想叫她「黑貓學姊」——不，應該說是「瑠璃學姊」的女人味。

制服模樣的瑠璃學姊（假稱）隨手撩起頭髮……

「一個人搬出來住有什麼不方便的地方嗎？」

「嗯～大概就是吃飯方面吧，為什麼這麼問？」

「我就知道會是這樣……所以幫你做便當來了。」

黑貓的手上提著一個布包。那是一塊黑底加上金色刺繡，配色可以說相當強烈的布。我想這也是她親手縫製的吧。

「這是早餐，然後這是午餐……還有……這邊的是水果唷。」

赤城、麻奈實、桐乃、綾瀨、加奈子——還有黑貓。

他們每個人的搬家禮物都讓我覺得萬分感謝。這幾個傢伙實在太貼心了……

該怎麼說呢……這是只有一個人搬出來住才能體驗到的事件啊。

「不好意思，還麻煩妳特地做便當來。」

「別客氣。這麼早就跑來打擾，我真的感到很不好意思。因為放學後實在沒什麼時間……

不過，妹妹她們也很配合我。」

所以才能夠這麼早，應該是坐上第一班電車就到這裡來了。

……糟糕。我好感動啊。

「謝謝……我真的很高興。」

結果黑貓忽然把視線從我眼前移開。

「我……我都說別客氣了。倒是……不介意的話，就打開來看看吧？按照你所要求的，做了一些肉類料理了。」

「喔……喔……原來妳還記得。」

打開布包之後，馬上看見熟悉的籃子。那是第一次約會時……黑貓這傢伙，穿著那件神貓裝——站在校門口時所拿的籃子。

明明是深深烙印在心底的光景，但不知道為什麼……回想起來就是讓人有種懷念的感覺。

「喔，果然是三明治嗎？」

「是啊。那還用說嗎？當時你對我所做的便當有些不滿意，所以這是我神聖的復仇唷。」

「哈哈，原來如此。神聖的復仇嗎。」

看著把臉別到一邊去的黑貓，我忍不住就露出了苦笑。

這時候我和黑貓是面對面坐著，忽然間——

「騙人——！」

一道巨大的聲音打斷了我們兩個。

當然出聲的人就是綾瀨了。綾瀨嚴厲地指著我們兩個人的臉說：

「又……又無視我的存在了！」

……其實我並沒有忘記她。只是因為隨便搭話的話不知道又會發生什麼事情，所以才故意放著她不管……

面對兇狠的綾瀨，黑貓只是用嚴厲的眼神看著她並且說：

「……就那樣直接回去不是很好嗎？」

「這位小姐說了什麼嗎？」

「沒什麼……那我是哪裡騙人了？」

黑貓把話題拉了回來。

於是綾瀨開始用平淡的口氣來揭發黑貓的謊言。

「說放學後沒有時間，所以才這麼早來根本就是騙人的。我來猜猜看吧？其實妳是來讓大哥看妳穿新制服的模樣對吧？之所以選擇一大清早，也是因為放學之後能夠和大哥兩個人獨處的可能性比較低的緣故吧。我有說錯嗎？」

「什……我……我……怎麼可能……」

「看來是被我說中了。」

把黑貓逼得無話可說的綾瀨露出驕傲的表情。

「我說綾瀨啊，妳自己剛才好像也說過『放學後沒有時間所以一大早就來了』吧？」

綾瀨的手肘立刻狠狠撞擊我的側腹部。

「嗚……咕……」

「……你說什麼？」

「沒有，我什麼都沒說……」

「這樣啊。那麼——黑貓小姐，讓我們繼續剛才的話題吧。」

綾瀨說完便轉頭面向黑貓。

另一方面，黑貓已經對綾瀨露出有些膽怯的表情，但嘴裡卻還是逞強地說著：

「不……不行嗎？我放學之後本來就沒時間了──說……說起來，妳這個不相干的人根本沒有資格說我吧。」

「……不……不相干的人？」

綾瀨聽到這個名詞後很明顯產生了動搖。

「是啊，我有說錯嗎？」

「我……我才不是什麼不相干的人。」

「是嗎？那我問妳，妳和學長是什麼關係？」

「那當然是桐乃的──」

「哎呀……不透過桐乃的話，就沒有任何關係了嗎？」

「才……才不……」

「那是什麼關係啊？」

「嗚……」

經黑貓這麼一說之後──我也不禁想著，我和綾瀨究竟是什麼關係呢。

算是──妹妹的好友嗎？但好像又不只是這樣。但──說是朋友又好像有點不一樣。真是困難耶……也難怪綾瀨會不知道該怎麼回答了。

「……嗚……我和……大哥之間是……」

綾瀨用充滿苦澀的誘人表情咬著嘴唇並且瞄了我一眼——

「性騷擾的被害者和加害者的關係。」

「我有異議！」

煩惱老半天後想出來的竟然是這種答案喔！太過分了吧！

「……學長？這是怎麼回事？」

「這是誤會！我以前的確以開玩笑的態度做出類似性騷擾的舉動！然後因此而惹她生氣，但我敢用性命擔保那絕對不算是真正的性騷擾！」

「是嗎，那就好。」

黑貓很乾脆地原諒了我，然後再度把視線移回綾瀨身上。

「果然沒有關係嘛。就算有點關係好了——也不可能有我和學長之間的關係那麼深厚。所以這根本不關妳的事，給我閃到一邊去。」

「我拒絕。因為我有很正當的理由可以對你們之間的關係提出意見，妳有什麼問題嗎？」

「是……是嗎……那可真是有趣。妳倒說說看是什麼理由啊？」

「因為我總覺得看不過去。」

「……妳……妳說什麼……」

今天的綾瀨小姐真是太猛了。不講理的程度完全凌駕桐乃和黑貓。

說出這種話還能自信滿滿地挺起胸膛，展現出理所當然般的態度。

這下連黑貓也感到困惑了。

「什……什麼叫總覺得！」

「總覺得就是總覺得。雖然我自己也不是很清楚——總之就是看不過去。所以我將全力阻礙妳下流的企圖。」

「我才不下流呢。為什麼從剛才就一直找碴……小心我咒殺妳唷。」

這兩個傢伙完全合不來。就像是水跟油一樣。

不過這一年裡被妹妹等人耍得團團轉的我，這時卻有了這樣的想法。

只要有個契機，她們就能夠像桐乃和黑貓那樣變成好朋友了吧。

因為能夠認真地吵架，也就是向對方敞開心胸的證明。

這時我為了制止在超近距離狠狠瞪著對方的兩個人而開口說道：

「妳們兩個冷靜一下！別在人家家裡散發馬上就要互砍的空氣好嗎！」

「大哥以為這是誰造成的？」

「學長認為這是誰造成的？」

兩個人同時對我發動反擊。

「抱……抱歉……」

我嗎？是我造成的嗎？

黑貓之所以會生氣，確實是因為綾瀨一直就我和她之間的關係雞蛋裡挑骨頭的緣故。

但是綾瀨為什麼那麼喜歡找黑貓的碴呢？

簡直就跟故意為難麻奈實的桐乃一樣。

這位美少女大人還真是讓人搞不懂耶。

這時黑貓看了一下手機並開始慌張地說：

「啊……我……我得去學校了……」

「也……也對。妳的學校離這裡很遠吧。」

這時綾瀨竟然以若無其事的表情笑著對黑貓說：

「哎唷，真是辛苦啊。黑貓小姐，既然這樣也沒辦法了。大哥的事情就交給我，請趕快到學校去吧。」

「！難……難道……妳打算和他一起吃我做的便當嗎……？果……果然是跟傳聞一樣的可

怕女人……」

「我……我才不會這麼做呢！只是故意刺激妳而已！為……為為什麼我得跟大哥一起吃便當，然後還要『啊～♡』這樣地餵他呢。」

「……我可沒說妳要這麼做啊。」

「啊！」

恢復正常的綾瀨馬上羞紅了臉。

這個女人根本是有妄想症嘛。已經不是喜歡鑽牛角尖可以形容了。

綾瀨先乾咳幾聲來掩飾尷尬……

「我……我沒空陪你們鬼扯下去了——再見！」

然後便一溜煙地逃走了。

黑貓看著她離開的背影，若無其事般問道：

「……話說回來，那個人為什麼會來這裡？」

「她拿搬家禮物來給我。還有——討論關於派對的事情。」

「派對？」

我簡短地說明下一個假日將舉辦我的搬家派對，然後我們計畫在派對上想辦法讓麻奈實與桐乃和好。

「……原來如此……」

黑貓點了點頭並且說：

「你也會……找我和沙織來參加這個派對嗎？」

「那還用說嗎？能夠安撫桐乃的人當然是越多越好——而且妳們肯出席的話，我也會很高興的。」

「這樣啊。」

黑貓露出滿足的微笑，接著迅速站起身來。

「那我該走了。」

「嗯嗯，要不要我送妳去車站？」

「不用了。送我的話，你就沒時間吃我特別拿過來的便當了吧。」

「這倒是。」

「不過……」

這時黑貓說話的口氣變得較為嚴肅了一些。

「我今天不光是幫你送便當來而已。其實——還有其他的事情。」

「其他的事情？」

「嗯嗯。那個……應該有件事是得和你單獨說清楚的對吧？」

「……說得也是。」

我也隨著黑貓站了起來。

——接著兩個人四目相交。

的確是這樣。我和黑貓還有一件非得說清楚才行的事。

這件事我已經和她的父親談過，說起來順序或許有點顛倒了——但黑貓本人每次不是找藉口扯開話題就是想辦法逃走，讓我根本沒有機會和她談這件事情。

「……我現在就聽你說。」

「嗯。」

這時黑貓的臉色已經發青，而且劇烈抖動的雙腳也讓人感覺她似乎快要無法站立了。

她明明知道接下來我要說的是什麼樣的內容——但還是很害怕直接從我嘴裡聽見吧。但就算是這樣……我還是非說不可。

「那個，我……」

「嗯。」

「在徹底解決和桐乃之間的事情前——不打算和任何人交往。」

「嗯……」

黑貓先往下方看去，接著又靜靜抬起頭來。

只見她一直凝視著我——

「我也覺得這樣比較好。跟我的計畫完全相同……」

說完便露出溫柔的微笑。

「那我會努力……讓你按照我的希望來解決和桐乃之間的關係。」

順帶一提——

黑貓幫我做的炸豬排三明治真的非常美味。

時間很快就來到放學之後。而我則是待在房間裡開始做起已經變成日課的練習題。

「好，今天從國文開始吧。」

我自己製作了計畫表，然後按照排定的科目來做題庫。這種一步一腳印的用功方式其實還滿適合我的。

我能辦到的事情確實不多，而且我從以前就一直認為「辦不到的事情就是辦不到」。所以才能這樣平平凡凡地隨心所欲過生活。

當然這種想法到現在也沒有任何改變。因為我完全不打算否定自己的生活方式。

只不過……拿出全力以赴的精神來認真做一件事之後——

我便發現其實自己能辦到的事情倒也不少。

也有那種一開始時看似不可能，但努力之後便能成功的事情。

像是說服那個頑固老爸，或者是解開女孩子抱持的深度偏見等等。

甚至還能和勢同水火的妹妹變得這麼親密呢。

我依然相信無論再怎麼努力，「辦不到的事情就是辦不到」——但這世上還是有許多「只要試著去做就能成功」的事。而這種事情，當然是得嘗試之後才能夠知道的。

剛過晚上八點左右時，我這個六張榻榻米大小的房間裡忽然傳出了門鈴聲。

「？這種時間會是誰啊……」

為了安全起見我還是把門鏈栓上後才打開玄關的門。

結果馬上就看見一個罩著薄外套的恐怖流氓——不對……

「老爸？」

「嗯。」

「……你……你怎麼會來？剛下班嗎？」

「沒有……回家後才過來的。」

老爸當場蹲了下去，拿起放在腳邊的鍋子。

「你還沒吃晚飯吧？那就吃這個吧。」

「…………」

看來大家都擔心我一個人生活時一定會隨便亂吃。竟然那麼多人都拿了食物來給我。除了早上的食物之外，麻奈實在學校裡也給了我便當。

我聞了聞味道之後便開口問：

「…………是咖哩？」

「是你媽做的晚餐。」

我想也是。我們家那個老媽最喜歡做咖哩了。

不過……我剛好也有點想念家裡的味道，老媽的咖哩正好讓我解饞。

「謝啦，那我等一下再吃。你要進來吧……？」

「那就打擾一下了。」

於是我便請老爸進到房裡……這時我總覺得有種奇怪的尷尬感。

因為——以前從來沒有過父母來自己獨居處的經驗嘛。

長大成人之後還要見到多少次這樣的光景呢？

那個時候——我不知道是從事什麼樣的工作，身邊不知道有沒有人陪呢？

老爸悠然地環視整個房間並且說：

「京介。一個人的生活如何？」

「啊啊，目前還過得去啦。」

「這樣啊。」

老爸的回答總是相當簡短。

不過……老爸看起來怎麼好像很高興啊。

「看來也有好好用功嘛。」

老爸望著桌上做到一半的題庫然後這麼表示。

……這……這樣有點不好意思耶。

「嗯……嗯，還好啦。」

「呵。」

老爸露出微笑並離開桌子旁邊。接著又稍微瞄了一下廚房。

「嗯？喂，京介。怎麼會有這個冰箱？」

——咿。馬上就注意到這一點了嗎？但對老爸說謊根本就沒用……怎麼辦才好呢。

「那個……是人家送我的搬家禮物啦。」

「這樣啊，那我也得跟人家道謝才行。」

「是桐乃送的……」

「…………」

糟糕。老爸臉上的表情消失了。

「……那我之後再跟桐乃說一聲。」

「嗯……嗯。」

哎呀……好像沒那麼生氣唷？

這時用白眼瞪著我的老爸眼神似乎沒有那麼嚴厲了，所以我也就稍微鬆了口氣，但他馬上又問——

「京介，那是什麼？」

「嗯？哪個東西？」

「就是那個。」

老爸用手指指著我背後。

…………雖然有股很濃厚的不祥預感，但我還是轉過頭去——

《自動送上門的妹妻》就光明正大地放在疊好的被子上。

我也太有種了吧。

「……嗯……呃～～」

請相信我，我真的不是故意要犯下同樣的錯誤！

Q.順便問一下，我為什麼要被迫搬出來住呢？

A.因為被雙親懷疑是不是對妹妹有什麼色情的舉動。

Q：OK，那被老爸看見的東西是？

A：和自動送上門來的妹妹過著禁斷兩人生活並做些色色事情的遊戲。

「…………」

我死定了。

正當我感到一切都完蛋了時……

老爸忽然垂下肩膀並嘆了口氣。

「唉……你這傢伙……真的是少根筋呢。」

「……咦？老爸……你沒有要揍我一頓嗎……？」

「我幹嘛揍你……那應該是桐乃的東西吧。」

「——」

老爸……已經知道了？不過——其實仔細一想就知道這也是理所當然的事。因為這個人打從一開始就沒被我的謊言所欺騙。他只是裝出被騙的樣子——然後對桐乃的興趣睜一隻眼閉一隻眼。

暫時閉起眼睛，似乎很煩惱般揉著太陽穴的老爸，不久後便睜開雙眼，用放棄掙扎般的口氣表示：

「既然當初已經那麼決定——桐乃的事情就交給你了。」

「老爸……」

「不過要是我覺得你無法處理的話——到時候可就不會像這次這樣了。」

「我明白了。」

「好吧。」

老爸點了點頭，從包包裡拿出文件夾。那是外表包著黑色皮革，裡頭夾著Ａ４大小紙張的文件夾。

「京介。我先把這個交給你。」

「……這是什麼？」

「你看就知道了。」

由於老爸這麼表示，我也就直接打開了文件夾。

打開之後馬上發現上面已經夾著數十張用紙，上頭分隔出日期、獲得物品、費用、備註等等欄位。這是日誌……？不對，應該算是報告書吧。

「是要我寫嗎？」

聽到我的疑問後，老爸馬上就點頭了。這時我只能再度把視線移回紙面上。

表題部分雖然已經用簽字筆塗掉，但凝眼一看之後，似乎就能看出類似「偵訊」這兩個字。順帶一提，我的老爸是從事警務工作。咦…………也就是說～～

「這……這不是……**讓嫌疑犯寫的文件**嗎？」

「不是。」

「真的嗎？」

「嗯。」

……少騙人了。

「反正你寫就對了。」

「現在？」

「沒錯。照你的情況看起來，除了冰箱之外應該也從別人那裡拿到其他東西了對吧。為了能跟對方表達謝意，我現在馬上就想確認一下。還有你看書的計畫與進度以及交給你的錢用到哪裡去了也要記得寫。當然還要拿收據並且把它們貼上去。」

真是麻煩……不過，畢竟這些錢是父母幫我出的嘛。

「喔，好。」

呃……只要填寫這張表格，然後定期向老爸報告就可以了吧。

我把折疊式桌子攤開，然後開始填寫表格上的欄位。

「獲得物品，只要寫上從人家那裡拿到的東西就可以了嗎？」

「嗯嗯。」

這個嘛……搬家之後從別人那拿到的東西嗎……

首先從桐乃那裡拿到冰箱。然後從麻奈實那裡拿到題庫。還有從加奈子那裡得到便當。

再來就是赤城打算送我烤麵包機。以及綾瀨給了我一把菜刀……

此外黑貓幫我做了便當（兩餐的份量）……然後剛才再度從麻奈實那裡拿到便當。

——糟糕，這些內容實在很不想讓老爸看見。

我竟然每天都從別人那裡拿到那麼多物品，連表格的欄位都不夠填了。

光看記述的話，我根本是個趁著剛開始的獨居生活而拚命把女人帶回家並讓她們貢獻禮物的小白臉嘛。

「怎麼了？京介。寫完的話就趕快拿過來。」

「嗚……嗚嗚……」

明明沒做什麼見不得人的事，但我卻開始能夠理解犯罪者接受偵訊時的心情了。

「請……請看……」

由於寫上假情報的話最後還是會被揭穿，於是我便照實把所有資料都寫了上去。老爸接過我的報告書，然後默默地看起上頭的各個項目……

磅碰！

「好痛！」

果然挨揍了！

「你這混帳！獲得物品的欄位是怎麼回事！」

「沒……沒有啦！這是有原因的！」

「本來還以為你會沒飯吃——結果根本是過著很優雅的生活嘛。」

「我真的沒做逾越學生本分的事喔！」

嗚……就在我認為得花一番功夫才能說明清楚時——

叮咚～門鈴忽然響了起來。

「……好像有人來了，京介。」

「……似……似乎是耶。」

這麼晚了到底是誰啦……！

「去開門。」

「好……好的。」

在生氣的老爸催促之下，帶著不祥預感的我也只能前去把門打開。

「……請問是哪位……」

結果門口站著一位似曾相識的宅配大哥——

「高坂先生，有您的貨物！嗯……是御鏡先生送來的『特大公仔展示櫃』和『究極裸體系列・妹妹公仔組』！應該沒有錯吧？」

………………

可惡的宅急便業者，好好教育你們的員工好嗎！

還有御鏡先生，謝謝你送來這麼棒的搬家禮物。我之後一定會幹掉你。

「京介，那是什麼？」

「……呃，這些是……」

放棄掙扎的我只得向生氣的老爸解釋公仔展示櫃是什麼樣的東西。

至於之後的發展嘛……

就是老爸也幫忙我一起組合那個超大的公仔展示櫃。

那時我才知道，組合公仔展示櫃竟然是那麼累人的一件事！

第三章

就這樣——舉行我「搬新家派對」的日子終於來了。

假日的早晨。麻奈實和黑貓已經先一步到我家來，兩個人並肩站在廚房裡準備著派對的料理。她們兩個都穿著便服……不過哥德蘿莉服加上圍裙還真的很不搭調耶。

「……今天來的人數比較多，所以我想煮些湯……」

「嗯，我也贊成。那……目前有的材料是……」

「大家可以一起吃的小點心……和飲料……其他還需要什麼？」

「還是要考慮到明天以後的事情比較好。小京他又不會做菜。」

「嗯嗯……做些保存期限較長的料理，到時候吃不完也不用擔心。」

「要和我一起去採購嗎？」

「……呵……那還用說嗎？」

主婦技能相當高的兩個人迅速進行著準備工作。

這兩個傢伙太厲害了……看來根本不用我幫忙嘛。

「哼哼哼……覺悟吧，田村學姊。讓我好好欣賞妳田村屋後繼者的實力……」

「我……我沒那麼厲害啦～」

想不到這兩個人相處得頗為融洽。話說回來，黑貓對於麻奈實的評價有那麼高嗎？而且連綾瀨也跟她這麼好……土氣的麻奈實在這方面確實是很了不起啊。

唉唷，差點忘記了。沙織（素顏）也和黑貓一起來了。

「總共是七個人？唔姆唔姆……要在這個房間裡舉行派對的話似乎有點太窄了。嗯——我知道該怎麼辦了。就交給我吧。」

她說完之後隨即到外面去了。這房間要是聚集七個人的話確實會變得相當擁擠。當然我也有想過要更換地點，但既然沙織說包在她身上的話，那麼就全權交給她處理吧。結果應該會比我自己想辦法要好得多。

不過——對方可是那個沙織。某方面上來說，事情或許會變得更加難以收拾也不一定。

至於……一點都派不上用場的我這時候在做什麼嘛……其實就只是坐在書桌前寫著英語題庫而已。

當然我也曾主動提出要幫忙。但是……

「你是笨蛋嗎？你認為自己是為了什麼而存在於這個地方呢？」

「沒錯沒錯。小京你去看書吧。」

卻被她們兩個人罵了。

在沒辦法的情況下，我只好按照她們的指示到書桌前看書，然後一邊注意有沒有客人來訪。

——叮咚。

「喔，有人來了。」

我走到玄關去，一打開門——

「嗨。」

便看到穿著便服，臉上沒有笑容的桐乃舉起一隻手站在那裡。穿著一身秋裝的她，雙腿上的黑色網襪特別引人注目。這傢伙還是一樣穿什麼都好看。

「喔，妳來啦。」

「……是你叫我來的吧。」

「嗯。謝謝妳來赴約。」

「…………」

我明明很老實地道了謝，這傢伙卻把眼神移開了。

唉，算了。

「來，進來吧。」

「嗯……嗯。」

桐乃稍微瞄了一下黑貓和麻奈實並排在玄關前的鞋子，然後自己也脫鞋進到房間裡。我才帶著妹妹走過短短的走廊，她便馬上發出「啊」的聲音。

她視線前方的物體是——特大公仔展示櫃（通稱超壽屋櫃）。這是要價十萬元左右，能夠讓公仔收藏家垂涎三尺的物品。我的這個櫃子貼有抗UV貼紙（須另購）並內藏螢光燈，只要按下開關就會有燈光優雅地照耀著公仔。

而目前陳列在櫃子裡的……是一群裸體的妹妹公仔……

「你啊……這個……」

「桐乃……什麼都別說。」

「真的是和爸爸一起組合的嗎？」

真的。當時我還以為是什麼拷問呢。

因為老爸當場就要我開箱，然後在檢查過內容（展示櫃&妹妹公仔）後……竟然說出「上面寫著需要兩個人一起組合，那我就幫忙吧」這樣的話來耶。而且還是用那充滿威嚴的聲音與表情。我還以為天要塌下來了呢。

雖然自從小學之後就沒和老爸一起組合過東西了，但我完全沒有欣慰與懷念的感覺唷。

最後得和老爸一起把成人公仔放到展示櫃裡的我，真是尷尬到快死掉了……有誰能夠了解我當時的心情呢。還有也請大家想像一下，剛才麻奈實和黑貓問我「這是什麼？」時，我究竟有多麼想要自殺的心情。

「爸爸也喜歡《自動送上門的妹妻》嗎？」

「妳的想像力真是太豐富了。」

怎麼可能啊！那個老爸其實在不知不覺間已經變成成人遊戲狂了——光是想像我就噁心到快要吐血了。

「不過……這是《自動送上門的妹妻》的公仔嗎？」

「真不敢相信……你竟然不知道就把這些藝術品擺上去了！」

「這是御鏡自己送給我的啦。」

「這樣啊～你有這麼棒的朋友真是幸福耶。」

「就是說啊。我感動到快哭出來了。」

我一定要宰了那傢伙。

「這真的很棒耶～我也好想要喔～」

這時桐乃一直凝視著擺放在櫃子裡的妹妹公仔，她臉上的表情就像看著自己的小孩般有些害羞……而且非常地幸福。甚至還流下了口水。

「嘿……」

對御鏡的刑罰就決定由死刑改成杖打屁股三十下吧。

我拿出準備的床單試著要把這些公仔蓋起來，結果桐乃忽然從旁邊對我搭話道：

「那個～」
「嗯～？」
「我房間裡的收納空間已經放不下公仔和其他東西了——」
「……也難怪啦，畢竟妳有那麼多收藏品嘛……所以呢？」
「這個你會帶回家裡吧？這樣我那邊的公仔可不可以也放在裡面啊？」
「…………咦？」
對……對喔！當我拿到A判定準備搬回家裡時——不就也得把這個巨大展示櫃搬回房間裡去嗎？嗚嗚……可……可惡……！既然知道這東西值十萬日幣左右，哪可能直接把它丟掉啊～！
啊啊～～～真是夠了！
「好……好啊……這有什麼問題……」
「真的嗎？謝啦！」
只有這種時候才會乖乖地向我道謝……！
「……」
我因為覺得有點不好意思，終於忍不住把視線移開了去。
「——哎呀，妳來啦？」

聽見說話聲的黑貓看準時機來到我和桐乃身邊。

「妳還不是那麼早就來了。喔——好香的味道。」

「敬請期待……我那充滿『闇之魔力』的料理。」

好——正如計畫所預定的一樣。為了避免有人已經忘記，我還是再提醒大家一下——這次的「搬新家派對」，主要目的是為了「讓麻奈實與桐乃和好」。當然我也已經和黑貓與沙織談過這件事情，而她們也答應要幫忙了。

現在黑貓之所以會來到這裡，也是為了要在桐乃和廚房裡的麻奈實碰面前先把事實告訴她的緣故。

雖然沙織不在確實讓人有些擔心，但還是得先用這樣的布局來度過眼前的危機……！

這時桐乃像是想起什麼事情般問道：

「對了，今天的派對只有你們兩個人和沙織而已嗎？」

「其實呢……其他還有不少人要來。」

「咦？難……難道是小日她們嗎？剛才玄關還有另一雙樸素的鞋子。」

「小日」呢，指的就是黑貓的妹妹（比較土氣的那個）。萌妹的桐乃總是用邪惡的眼神看著黑貓的兩個妹妹。

「不是啦。」

「什麼嘛。那是誰？」

「像瀨菜的哥哥……」

「啊～就是你屈指可數的幾個男生朋友之一嗎？ＯＫ～ＯＫ～」

別破壞我的形象。我可是有不少朋友的。

「還有綾瀨……」

「為什麼綾瀨會來？難……難道你……」

「雖然不知道妳誤會我什麼。不過說起來就是她要我找妳來參加這個派對的唷。」

「？聽不太懂耶。好好說明一下吧。」

嗯，妳問得好。

「那個……」

整件事的順序應該是麻奈實＆赤城提議舉辦這個活動，然後經由麻奈實傳達給綾瀨知道，再由綾瀨告知我麻奈實想邀請桐乃來參加，接著我又和綾瀨商量了一番。最後為了讓「桐乃與麻奈實和好」而決定請桐乃出席這次的活動。如果要說得更詳細一點，就是之後我分別又和綾瀨、麻奈實、黑貓與沙織商量並決定了作戰方針。不過要是把這麼複雜的經過直接說出來的話，中途一定會不斷被桐乃吐槽說「給我等一下」，所以我和黑貓交換了眼神後便表示：

「讓本人直接告訴妳吧。」

「咦？這到底是——」

正當桐乃要說出「怎麼回事」時……

黑貓已經迅速繞到桐乃身後，做好隨時要架住她的準備。同一時間，麻奈實也從廚房裡現出了身影。

「妳……妳好啊，桐乃。」

「——」

桐乃整個人都僵住了。可能再過三秒鐘就要發出怒吼了吧。不過在那之前我便搶先說：

「好了桐乃，在妳怒吼『怎麼回事』前，還是先聽一下說明吧。麻奈實——拜託了。」

「嗯……好。那個……」

麻奈實雖然對桐乃那種像是格鬥漫畫的瞪人方式感到畏懼，但還是開始說明起事情經過。

首先是她和綾瀨變成好友的事情。

接著是她和綾瀨商量「想和桐乃和好」的事情。

最後——

「事情就是這樣——所以才會邀請桐乃來參加這次的派對。」

「……」

沉默不語的桐乃露出一臉不悅的表情。

啊，果然生氣了。

「抱歉，變得好像是在欺騙妳一樣。但是不趁這個機會的話，妳們兩個根本不太有時間碰面啊……」

「……」

桐乃瞪了我一眼。嗚……嗚嗚……

「當然我個人也很希望妳們兩個都能來參加——」

老實說在綾瀨這麼提議之前，我根本沒有打算要找「宅女集合！」的成員來參加，不過一但真的邀請了她們，我也就變得非常期待這一天的到來。

「看在今天是慶祝我搬出來住的面子上，妳就稍微消消氣吧！」

我雙手合十拚命地求情，結果妹妹先是瞄了我身後的黑貓一眼，然後才說：

「原來如此……所以你們幾個便同流合污，幫忙她們兩個來騙我嗎？」

什麼同流合污……

「別說得好像我們在做什麼壞事一樣。」

「我沒有那種意思啦。只不過……」

桐乃噘起嘴唇……

「你雞婆的個性已經傳染給每個人啦。」

黑貓噗哧一聲笑了出來。

「說得真好。可能真的是這樣唷。」

「喂……喂……黑貓。」

「因為以前的我絕不會參加這種——為了讓人和好的計畫。根本與我的個性不符。」

這倒是真的。

「所以……我們之所以會有這種奇怪的行動，完全都是學長害的。」

「我是病原體嗎？」

「沒錯。」

喂。

黑貓呵呵笑了幾聲後便看著桐乃說：

「事情就是這樣，所以妳也別再掙扎了。我們會全力管這檔閒事唷。」

「哼」，桐乃用鼻子冷哼了一聲，然後呢喃了一句「我知道了……」。

咦……這傢伙怎麼變得這麼懂事啦。

還是接下來才要抱怨呢？

「桐乃。那個——」

麻奈實筆直地看著自己的對手，然後開口說話：

「我想和桐乃談一談。雖然不知道能不能恢復到以前那種交情……但我還是想好好跟妳聊一聊。」

沒錯……不這樣的話，根本沒有機會改變。為什麼桐乃老是要對麻奈實發脾氣呢——她明明說過早就忘記麻奈實是誰了。

只要彼此打開天窗說亮話，把究竟發生了什麼事說個清楚，一定就能夠找到解決的方法。如果真的無法相容，那麼麻奈實在知道對方討厭自己的原因後，應該也比較能夠釋懷吧。

聽見麻奈實的提議，桐乃沉默了一會兒，最後才緩緩點了點頭。

「好吧。那我就跟妳談一談。」

「真的嗎？」

「嗯。但不是現在。」

「喂，桐乃——」

妳不會是想藉此讓事情不了了之吧。

「等一下，你不要誤會我唷。我可是有正當的理由。」

「……呵……原來如此。我大概知道怎麼回事了。」

瑠璃學姊露出妖豔的微笑望著桐乃。那種模樣真是煽情啊。

這時桐乃不知道為什麼紅著臉頰看著我。

嗯？怎麼了？

「和麻奈……小姐談話的時候，你不是也會在現場嗎？」

「嗯，那是當然了。」

要是談判不成而開始吵架時，還是需要有人阻止她們才行。

「我的意思是，這件事和你也有關係啦。」

「和我有關？」

「沒錯。到時候依照談話內容可能發生重大影響，而你也必須考慮許多事情，所以——我才會說下次再談！」

「妳這傢伙真的很不會說明事情耶。」

當我正有了——完全聽不懂妳在說什麼的想法時……

黑貓忽然用冷冷的眼神看著我。

「……學長，你是笨蛋嗎？」

「咦咦？」

難……難道除了我以外的人都理解她在說什麼嗎？

我急忙看向麻奈實，結果我的青梅竹馬也像是了解所有事情般露出平穩的微笑。

「真的很替哥哥著想呢。」

「啥？才不是那樣哩。」

「這樣啊。」

……麻奈實隔了幾秒鐘後才輕輕咳了一聲並說道：

「那……我們就下次再好好談吧。等模擬考結束後，小京成功搬回家裡時。」

「嗯，我知道了。」

……於是桐乃和麻奈實的和好也就必須暫時擱置了。

「想讓她們兩個和好的話，你就得好好用功囉，學長。」

「說得也是。」

黑貓說完便笑了起來，而我則是用力點了點頭肯定她的看法。

麻奈實和桐乃見完面後，綾瀨剛好也來到這裡。一看見打開玄關大門歡迎她的我，她馬上就用非常嚴肅的聲音……

「抱歉我遲到了。戰爭已經開始了嗎？」

「……戰爭延期啦。」

說出像是要勇赴沙場般的話來。

「這是怎麼回事？」

「好像是說我也要待在旁邊，所以得等到模擬考結束才行之類的……」

「啊啊，原來如此。確實很像她們兩個會做的決定。」

「為什麼妳知道是什麼意思？」

「聽起來就是不想讓即將面臨模擬考的大哥有多餘的煩惱，但是從大哥特別問我為什麼這點來看，難道說你不知道延期的原因嗎？」

「……是……是啊。」

「太差勁了，為什麼你還活在世界上呢？」

「妳才登場不到幾十秒鐘，我的心靈就已經殘破不堪了耶！」

怎麼？妳送我的菜刀是讓我切腹用的嗎？

「這是大哥應該有的報應吧？」

「說得也是。」

太遲鈍了吧我，真的應該去死了。

我轉過頭來，從玄關對房裡的桐乃這麼說道：

「桐乃！妳這傢伙真是個貼心的妹妹啊！」

「少囉嗦！去死吧你！」

咻——啪嘰！

「好痛！」

咦？為什麼妹妹要對著我把鬧鐘丟過來呢？

我一邊摸著額頭，一邊轉向綾瀨。

「綾瀨，妳也看見了吧？那個妹妹完全沒有顧慮到哥哥接下來還要面臨模擬考吧？」

「……嗯……嗯～」

綾瀨感到困擾了。表情好可愛啊。

她稍微遲疑了一陣子後，才開口說出：

「你……你們兄妹的感情真好。」

「哪裡好了！」

下一個瞬間，我和桐乃的聲音便同時響了起來。

「綾瀨，妳來一下。」

桐乃對站在玄關的綾瀨勾了勾手指，表示要綾瀨到她旁邊。然後又用不懷好意的聲音說：

「我有很多事情想問妳唷～」

「桐……桐乃？妳的聲音好恐怖喔～」

「妳好像背著我偷偷策劃了很多事情嘛～」

「嗯……呃……這……」

桐乃似乎對自己的好友不知不覺間便和討厭的麻奈實有了很好的交情有些意見。

「這什麼？」

桐乃用水汪汪的眼神催促綾瀨繼續說下去，這傢伙真的很惡劣耶。

「嗚……嗚嗚……那個，這……這……？」

綾瀨把鞋子脫掉，一邊快速走向桐乃，一邊說出這樣的藉口。

「這全都是加奈子不好！」

竟然把過錯都推給加奈子了！

不過桐乃當然無法接受這種說法，馬上就展開反擊。

「是嗎？那我就跟加奈子道謝吧。」

「咦？」

桐乃出人意料之外的發言讓綾瀨瞪大了眼睛。

「桐乃……妳沒有生氣嗎？」

「為什麼要生氣？因為綾瀨不知道我和麻奈實……小姐感情不好，而且這一切全都是為了我所做的不是嗎？」

「桐乃……」

「謝啦，綾瀨。」

「嗯……嗯。」
綾瀨紅著臉點了點頭。
黑貓原本默默看著這兩個人的對話，這時候忽然用受不了的語氣開口表示：
「……妳對學校的朋友倒是很溫柔嘛。」
真是巧了，黑貓。我也跟妳有同樣的想法。
「哎唷～？妳嫉妒嗎～？」
「才沒有呢。」
黑貓迅速把頭轉開了去。
好像真的在嫉妒。不過黑貓也有可能是看見前幾天與自己鬥嘴的綾瀨和桐乃感情這麼好而覺得不高興吧。這傢伙還真是可愛耶。
「呵呵……因為我是桐乃的好友，所以她對我的態度當然和黑貓小姐不同囉。」
綾瀨用力抱緊桐乃並露出勝利的表情。
「哼……哼，隨妳去說吧。」
黑貓雖然露出滿不在乎的態度，但明顯能看出她內心感到相當氣憤。
這時在對黑貓吐舌頭的綾瀨懷裡……
「綾……綾瀨……我快不能呼吸了！」

我的妹妹正用力掙扎著。

「我回來了。」

「喔，歡迎回來。」

沙織回答了一聲「嗯」後便從玄關看著房間裡的情況，接著又開口說「——哎呀，所有人都到了嗎。大家好啊。」

說完隨即露出微笑。

麻奈實與綾瀨首次見到拿下眼鏡的沙織那大小姐般的美貌，兩個人都驚訝地瞪大了眼睛。

「呼哇……初……初次見面。我是田村麻奈實。」

「您真客氣。在下是沙織．巴吉納。今後請您多多指教（↑大小姐口氣）。」

「咦……咦咦？巴吉納……小姐？」

看來今天的沙織也是「慎島沙織大小姐」與「沙織．巴吉納」的合體。其實自從前陣子發生過沙織以真面目大發脾氣的事件之後——沒有裝扮的沙織便以這種感覺出現在我們面前了。相對的，戴著圓圓眼鏡的「沙織．巴吉納」也開始會用大小姐的口氣跟我們說話。

這應該就是所謂的——心態上的轉變吧。

「因為無論是哪一種個性，在下依然還是在下啊。」

她曾經說過這樣的話。

當我沉浸在回憶當中時，沙織也已經順利和綾瀨打過招呼。這傢伙的社交能力真的很高耶……

「吶吶，綾瀨啊……巴吉納小姐是外國人嗎？」

「這……這個嘛……」

那邊的天然呆，妳說的話大家都聽見囉。

這時沙織說了句「那麼……」來改變話題。

「總共有七個人的話，就是說還差一個就全員到齊囉。」

「嗯。」

現在只差赤城一個人了。

「——對了沙織，妳剛才到哪去了？好像說要想辦法解決派對會場的問題對吧……」

「——我剛才去和房東交涉過了。他允許我們使用庭院。」

「庭院？」

「是的。只要把桌子和椅子排一排，就能成為很棒的派對會場。」

「原來如此……這點子的確很不錯。」

慎島小姐不愧是大家的領袖。

真的很會舉辦讓大家同樂的活動呢。

就這樣，在留下麻奈實&黑貓兩位負責派對料理的人員後，其他人便準備移動到外面去。

「大哥，那個床單蓋住的謎樣物體是什麼？我之前來的時候好像沒有那個東西耶。」

「哈哈哈，別在意這種事情嘛綾瀨。來，快點和桐乃一起到外面去吧。」

其實這時候正是我的生死關頭。

「好可疑……」

可惡，桐乃這傢伙也不會察言觀色幫我一下。當我這麼想時，手機忽然就發出收到簡訊的嗶嗶聲。唔……雖然現在把視線從綾瀨身上移開相當危險——不過到底是誰的簡訊？赤城？

——**「抱歉高坂。瀨菜她忽然發燒，所以我今天不能去了。」**

哎呀，瀨菜她感冒了嗎？那真是太可惜了，原本想讓赤城看看綾瀨本人呢。

「怎麼了嗎？大哥。」

由於綾瀨本人已經對我搭話了……

「沒有啦，原本說要來的朋友忽然傳簡訊說不能出席了。好像是妹妹發燒了的緣故——」

「……大哥的朋友是不是都……」

別說了。我知道妳要講什麼。

我和桐乃、綾瀨一起（沙織開始在廚房裡和麻奈實說話）走出房間，從樓梯上往下一看，馬上就發現建築物旁邊的空地（與其說是庭院倒不如說是空地）上已經排好了露營用的組合式桌椅了。

……沙織小姐還是一樣這麼地可靠。

「嗯嗯？」

但是比桌椅更讓我們驚訝的，是有一名出乎意料之外的人物已經站在那裡了。

「啊，出來了。」

這時候加奈子就站在樓梯的盡頭。

「喂喂，妳怎麼會來啊？」

「嗨，我拿便當第二彈來了～從剛才就看見不斷有女人進到你房間裡，我才在想這到底是怎麼回事呢。」

「喂，別說得那麼難聽好嗎！」

我才剛搬家而已，妳就想讓我在鄰居面前形象全毀嗎？

「嘻嘻，我還以為在辦什麼色情派對呢。」

「馬上給我閉嘴——！」

鏗鏗鏗鏗！我從鐵製樓梯上衝下去，然後在超近距離狠狠瞪著加奈子。

「我……我說妳啊！」

正當我準備好好罵罵這個笨蛋而開口的瞬間——

鏗鏗鏗鏗！桐乃和綾瀨也迅速追了過來。

「等一下，你這傢伙！為什麼連加奈子都跟你變得這麼熟——！」

「加奈子——！為什麼你會幫大哥送便當來？」

「呀～！」

來勢洶洶的兩個人讓我&加奈子感到相當恐懼。

「快給我說清楚！」

桐乃&綾瀨說出同樣的話並且朝我們逼近。

「妳們兩個這樣咄咄逼人，原本能回答的問題也答不出來了啦！稍微冷靜一下好嗎？」

「嘖……（桐乃）」

「呼～呼～（綾瀨）」

綾瀨露出凶戰士般的表情並緊咬著牙根。

喂喂，妳們不會是懷疑我對加奈子出手了吧。這未免太不信任我了。

看到她們似乎是冷靜下來了，我也就準備把事情說清楚。於是我轉往加奈子的方向……

「好吧，加奈子。拜託妳說明一下我們的關係和便當的事情吧。」

「因為我和京介正在交往。所以這應該算是愛妻便當吧？」

「妳這……！」

我因為太過震驚而說不出話來。

糟……糟糕……桐乃就算了，看來我要被綾瀨幹掉了！

我一邊發抖，一邊轉往綾瀨的位置，但事態已經朝與我想像有些不同的方向發展了。在啞口無言的我面前，桐乃正惡狠狠地瞪著加奈子並且說：

「妳是開玩笑的吧？」

「嘻嘻嘻。」

加奈子發出獨特的笑聲並搖晃著肩膀。她直接繞到我身邊並用力拍著我的背部。

「喂，京介～怎麼連你都露出這麼認真的表情ｗｗ，難道是聽見加奈子說正和你交往而開使心跳加速了～？ｗ」

這臭小鬼真是討人厭！

誰會對妳感到心跳加速啊！說起來呢！妳那種蘿莉外表根本就不是我的菜啦！

倒是……為什麼綾瀨會對剛才的發言完全沒有反應呢？

當然我不是希望綾瀨踢我唷？真的啦，你們要相信我。

從她剛才那種亢奮的模樣看來——當出現「愛妻便當」這樣的名詞時，我應該就會變成殺人迴旋踢的腳下亡魂了才對。

但我現在卻平安無事，而綾瀨則是——用雙手按住右腳，似乎在忍耐著什麼的樣子。

看起來大概就像黑貓經常做的「嗚，冷靜下來吧……我的右臂」那樣的感覺。

「……綾……綾瀨，妳怎麼了？」

「沒……沒事……大哥和桐乃以外的任何人有什麼發展……都跟我沒有任何關係……」

我沒必要發你的脾氣。

綾瀨以異常低沉的聲音這麼說道。

之後加奈子便把和我的相遇（偽裝成經紀人那件事）以及把我當成便當實驗對象，還有已經發現我是桐乃哥哥等事情向她們兩人說明清楚——

「哇～搬新家的派對嗎～那加奈子也要參加～」

「加奈子，這樣太厚臉皮了吧？」

綾瀨直接指責了她。

「咦～有什麼關係嘛。你說對吧～京介～」

唔……加奈子還不知道桐乃是御宅族，一般來說讓她參加有許多桐乃御宅族朋友的派對應該不是什麼明智之舉才對……但這點沙織應該會想辦法吧。何況就算被發現也完全沒關係啊。

我和桐乃交換了眼神之後……

「那好吧。反正剛好少了一個參加者。」

說起來都是赤城這個臭傢伙不好，害我得參加這個萬紅叢中一點綠的超尷尬派對。不過既然是妹妹生病那也沒辦法了。

「真的嗎？不愧是京介，真是明事理。」

加奈子用天真無邪的動作整個人撲到我身上。

這傢伙是怎麼回事，最近怎麼這麼喜歡黏著我啊。

到底在打什麼歪主意。

「喂，別靠這麼近啊。」

「嘻嘻，幹嘛害羞ｗｗ」

喀滋！

「好痛！怎……怎麼回事！」

加奈子不知道被誰踢中腳脛，整個人蹲了下去。

「沒事吧？加奈子。會不會是風把石頭吹過來了？」

真正的犯人（綾瀨）把事情推到風身上並且關心著加奈子。另一方面，桐乃則是悄悄地在我的耳邊

說：

「……你到底對加奈子做了什麼？當然我指的不是那種事情……」

「……具體來說是哪種事情？」

「唉……算了。」

喂，這嘆息是什麼意思啊。

「京介，料理已經完成了。請幫忙把料理端下去吧。」

沙織從二樓這麼叫道。

「喔，我馬上過去。」

順便也可以跟剛才留在裡面做菜的幾個人講一下加奈子的事情。

就這樣，派對的準備工作完成了。

桌子上放著炸肉串、和風烘培甜點以及加奈子便當裡頭裝的什錦飯糰等各式各樣的料理。每一種都使用了栗子、芋頭、松茸等秋天當季的美味食材。放在瓦斯爐上的鍋子裡則飄出豬肉蔬菜湯的香味。

我、桐乃、麻奈實、黑貓、沙織、綾瀨，還有加奈子等七個人就這樣單手拿著果汁圍在桌子旁邊。

……現場不只有我的朋友，還要加上桐乃「這一邊」與「另一邊」的朋友……環視一下周圍後，發現這種景象還真是頗為壯觀。真沒想到這些傢伙會像這樣齊聚一堂。

但不知道怎麼回事……這時我竟然帶著一半高興一半擔心的心情等待著開幕的致詞。

「那麼——派對正式開始了。京介，恭喜你搬到新居來！」

所有人都舉起杯子並且說著「恭喜」。

帶領大家乾杯的，果然還是大家的領袖沙織大小姐。露出原本面容的她，容貌不輸給任何御宅族組的女孩，甚至還能與非御宅族組的豪華美女陣容互相匹敵，可說是相當稀有的人才。

「——唉呀，沙織·巴吉納是我網路上的暱稱。我的本名叫做槇島沙織。請叫我沙織就可以了。」

「好……好的。那……沙織小姐。妳也叫我綾瀨就可以了。」

「呵呵，小桐桐小姐的朋友，當然也是我的朋友啊。」

老實說，因為之前黑貓和綾瀨一見面就吵了起來，所以我實在不想讓御宅族組的成員和綾瀨等人見面，但多虧沙織事先已經進行了許多準備工作，目前看起來應該沒有什麼問題。我在派對舉行前稍微和她討論過哪些人知道桐乃是御宅族，參加成員各是怎麼樣的性格，以及可能會發生的糾紛等等事情，我這才知道沙織平常在企劃派對時究竟有多麼辛苦。而且剛才加奈子突然就宣布要參加派對時，她也很乾脆地就答應下來了。

「那個……不好意思，請問妳是模特兒嗎？」

「不是耶，為什麼這麼問？」

「因為妳這麼漂亮，所以我才會想說妳和桐乃應該是這樣認識的吧。」

「不是不是，和小桐桐小姐是在秋葉原的網聚裡認識的。因為在下在ＳＮＳ裡經營了一個名為『宅女集合！』的社群。」

沙織把嘴巴變成ω的形狀，對綾瀨露出了御宅族笑容。

「這……這樣啊……啊哈，啊哈哈……」

雖然最近情況已經比較緩和，但對討厭御宅族的綾瀨來說，沙織應該是個讓她不知道該如何應對的對象吧。

倒是沙織說話的口氣……已經是巴吉納和大小姐混雜在一起，呈現完全渾沌的狀態了。

雖然她似乎有一套自己的規則來使用「我」、「人家」與「在下」等第一人稱，但我到現在仍然無法歸納出那套法則的詳細內容。或許應該說，如果有人能理解的話，那他實在是太了不起了。

嗯，不過從另一個角度來看的話，這場派對就會成為「宅女集合！」、「桐乃的同班同學&模特兒朋友」以及「我的朋友（其實就是麻奈實）」等各個集團的首次交流活動。這時候隨處能聽見至今為止絕對不可能出現的組合正進行各種對話，老實說這確實相當有趣。

「……嗯，真好吃。」

我咬著炸得相當酥脆的肉串，對完全符合我喜愛的調味感到相當滿足。

我稍微往旁邊瞄了一眼，馬上就發現這裡也有意外的組合正在對話著。

「我說師父啊～為什麼妳會在這裡呢？」

「我才想問加奈子呢……我從剛才就很在意這件事唷～」

是加奈子和麻奈實兩個人。

「怎麼？妳們兩個認識啊？」

時髦的女國中生&土氣女高中生。

我被這最不可能湊在一起的組合所吸引並且這麼問道。

「嗯，這個人就是教加奈子做菜的師父。」

我馬上聽見一個更為驚人的答案。

「……真的嗎？」

用視線對麻奈實拋出問題後，她便直接回答「嗯……嗯，是啊」。

「之前不是說過了嗎？有一個戴眼鏡的歐巴桑在教我做菜。」

「妳好像有說過。原來如此……所以那道馬鈴薯燉肉的味道才會和麻奈實做的一樣啊。」

「小……小京！在恍然大悟之前應該要先吐槽『戴眼鏡的歐巴桑』這一點吧！」

「喔，抱歉。話說回來，妳應該是女高中生對吧。」

「真的嗎？師父原來是高中生！」

「加奈子妳太誇張了！真……真是的～妳們太過分了。我還是細皮嫩肉的女孩子耶。」

這種說法本身就已經過時啦，老婆婆。

「雖然知道妳們之間的關係了，但妳們到底怎麼認識的？麻奈實妳家有開料理教室嗎？」

「是綾瀨介紹我們認識的唷。」

「哦～原來是這樣認識的啊。」

這樣我就懂了。

但是麻奈實這傢伙，想不到繼綾瀨之後連加奈子也收歸到她的旗下去了……

說起來我的青梅竹馬也真是個恐怖的傢伙。

這時綾瀨與沙織，加奈子與麻奈實等兩組人各自愉快地聊著天。把視線從她們身上移開後，馬上就看見桐乃和黑貓也一邊調侃對方一邊高興地進行著對話。

「我之前就覺得妳真的很會做菜耶～」

「不用說這種客套話。」

「真的真的。妳實在很了不起。不過——怎麼說呢，總覺得有點那個……」

「……哪個？」
「就是妳所做的都是和風料理，讓人不敢相信這些菜是出自於穿著哥德蘿莉服的廚二病患者。」
「嗚！」
「應該說完全就像一個家事萬能的土氣大姊姊。」
把用栗子做裝飾的漂亮甜點丟進嘴裡後，桐乃便發出了「真好吃！這是什麼！」的稱讚聲。
「這……這是……田村學姊做的，所以別把這個點心的印象強加到我身上。」
「那麼哪些是妳做的點心？」
「像這些兔子之類的……」
「好可愛喔！」
果然是個賢妻良母型的女生嘛，黑貓小姐。跟妳邪氣眼的形象實在差距大太了。
做出可愛甜點而面臨形象崩壞危機的黑貓小姐，之後雖然說出「這……這隻兔子能夠表現出月亮的瘋狂，可以說相當適合當作闇之眷屬……」這種相當牽強的藉口，但在看見桐乃完全沒有聽進去後也只能放棄了。
「我跟田村學姊學了很多東西……其實還滿快樂的唷。下次做給妹妹們吃，她們應該會很高興吧。」

「……嘻嘻嘻，到時候妳要叫我唷。」

「才不要呢。」

面紅耳赤的黑貓把臉別到一邊去。

女孩子好像……

都會有許多種面貌呢。

不過——我早就知道黑貓是個會做菜且超喜歡可愛事物的溫柔姊姊了。

派對一開始時雖然帶著不安的心情，但看到場面這麼熱絡之後我也稍微安心了。雖然我這個月大部分時間都用在看書上——不過像這樣和朋友聚在一起也相當不錯呢。

而且大家今天可是為了我才會聚集在這裡。

我真是太幸福了。現在整個人感到相當興奮，甚至連看書的疲勞感都已經飛到九霄雲外。

加上麻奈實和桐乃的關係也算是前進一步了。

沙織依然那麼地可靠。此外加奈子也很容易就融入這個現場。

美中不足的是，黑貓和綾瀨還是避免和對方視線相交。

但到目前為止，派對應該算是成功了吧。

派對開始後過了五十分鐘左右，就在場面最為熱絡的時候……

加奈子忽然在安定的會場裡投下了引起波紋的一句話。

「喂，京介……」

「怎麼了，加奈子大小姐。」

這傢伙什麼時候到我身邊來的。

「你這傢伙……我剛才聽到，你好像也從其他女人那裡拿到食物了對吧。這到底是怎麼回事？」

「幹嘛，妳以為妳是我的飼主嗎？」

我才想問妳「到底怎麼回事呢」。

這時我立刻從現場的氣氛中感覺到，在場所有人都因為加奈子這句話而豎起了耳朵。

「也不能說是飼主啦。只不過加奈子特別幫你做了便當～結果你還吃了其他女人做的菜，這樣不是對我太失禮了嗎？」

「我不覺得有什麼失禮……」

我完全搞不懂為什麼要因為這點小事而找我的碴。

「說起來，加上剛才的份妳也不過給了我兩餐份量的便當而已，不會做飯的我要是選擇對妳不失禮的生活方式早就餓死啦！然後我還要吐槽最基本的一點，就是妳拿來的便當裡面，一

大部分的料理都是麻奈實做的吧！」

呼……呼……如何啊，一口氣吐槽到底囉。

結果加奈子馬上鼓起臉頰並且說：

「那加奈子每天幫你做便當的話，你就能只吃我做的菜過活囉？」

「幹嘛為了我的三餐搞成這樣啊。」

「少囉嗦，這是我家的事吧？到底怎麼樣嘛？」

嗯～這要怎麼回答呢？

當我感到猶豫時，忽然有人插話進來說道：

「給我等一下。」

原來是黑貓。她用誇張的動作，用手指嚴厲地指著加奈子的臉說：

「那邊的Sweets三號，妳講的話我可不能當作沒聽到。」

她說加奈子是Sweets三號。

一號是桐乃的話，那麼二號就是……綾瀨嗎？和我之間的對話被打斷之後，加奈子便轉往黑貓的方向並狠狠地瞪著她說：

「啥？妳這傢伙又是誰啊？」

「哼……我好像還沒自我介紹。」

啪啪、啪啪。

黑貓運動全身在空中畫下結印——

最後擺出相當熟悉的單腳站姿然後報上姓名。

「吾名為黑貓……人們都稱呼我是棲息於『狂氣之街』的黑暗眷屬——墮天聖。」

「這傢伙腦袋燒壞了嗎？」

別說得這麼直接好嗎？

「少……少囉嗦，妳這個仿梅露露的傢伙。」

「什……誰是仿梅露露的傢伙啊～」

這罵人的方式實在是相當巧妙啊。

仿梅露露的傢伙，不對，應該是加奈子咬緊了牙根……

「我叫加奈子！來栖加奈子！別搞錯了！」

「是嗎，那麼來栖加奈子。我先跟妳把話說清楚——」

黑貓把一隻手放在單薄的胸脯上。

「要幫學長煮飯的人是我唷。」

「什麼～！」

憤怒的加奈子從正面狠狠地瞪著黑貓。

但這時候又有人插話進來了。
「妳……妳們兩位……」
這次是麻奈實。
「稍微冷靜一下。」
「什麼事呢……田村學姊。」
「幹嘛啊師父？」
黑貓和加奈子暫時停止爭吵往麻奈實看去。
「嗯，那個……希望兩位聽我說一下——」
先說了這一段話後，臉上依然帶著溫柔微笑的麻奈實才又緩緩地開口表示：
「黑貓小姐家好像離這裡很遠……要每天幫小京準備便當實在太辛苦了。」
「嗚……」
「嘿嘿，看吧。放棄吧妳～」
加奈子馬上這麼刺激黑貓。
對這傢伙來說，幫我做便當其實不是什麼多重要的事。只是原本想做的事忽然被人阻撓而感到有趣，所以才拚命要和黑貓競爭吧。
只不過……

「加奈子也還沒有辦法自己一個人做便當唷？」

麻奈實豎起一根指頭，做出「知道了嗎」的動作來斥責加奈子。

「咦～為什麼？」

「因為加奈子目前只學會做一種菜而已吧？怎麼可以讓小京每天吃同樣的便當呢。」

「嗚……」

「而且就連今天拿來的便當也是我早上做的。」

果然是這樣嗎？

「我馬上就會學會其他菜色了～」

「嗯。那就等學會了之後才能做給別人吃唷？」

「嘖～」

……看來加奈子這傢伙在麻奈實面前完全抬不起頭來啊。不過我能夠理解她的心情。因為我也是這樣。

只要麻奈實不真的發脾氣，就絕對不是個很恐怖的對手……但不知道為什麼就是會聽從她所說的話。

看見加奈子沮喪的表情後，麻奈實先是說了一句「抱歉喔～」來安慰她，接著又以充滿自信的態度說：

「因此呢……我要告訴妳們兩位，小京就交給我來照顧吧。」

「啥？」

這次換成黑貓與加奈子異口同聲地說道。

「師父，怎麼可以這樣啦～」

「田……田田田……田村學姊？『照顧』的意思是……除了煮飯之外妳還打算做其他的事情嗎？」

「嗯。像是打掃與洗衣之類的。剛好現在店裡的生意也沒有那麼忙了，所以我想應該能夠來照顧小京了。」

說完便瞄了我一眼。

「……不行嗎？」

「也……也……也不是說不行啦……但這樣多不好意思啊。」

就算是青梅竹馬，也不用這麼照顧我吧。

「不用客氣唷～我也要參加同一場模擬考……必要的時候，還可以互相教一下對方啊。」

我看應該都是妳教我吧。

「等……等一下。為什麼事情好像已經決定下來了一樣？」

「對……對啊！現在才討論到一半吧！」

黑貓和加奈子又復活了。

加奈子變得更加不願意服輸，而黑貓則不知道為什麼露出焦急的表情。

現場還能保持冷靜的就只有麻奈實和沙織兩個人。

順帶一提——

綾瀨從剛才開始就好幾次表現出想插嘴的模樣，但最後都只是做出咬緊嘴唇並原地踏步的奇怪動作。

而桐乃則是——

……那……那種恐怖又冰冷的眼神是怎麼回事……

被虐狂一定超喜歡這種眼神。但我沒有這種興趣，所以一點都不覺得高興。

麻奈實繼續用平穩的態度提出自己的看法。

「但是妳們兩個人都有無法勝任的理由……嗯～所以還是由我來比較好啊。」

「但……但是～」

「應該還有其他的方法吧。應該再討論一下——」

「嗯～比如說什麼方法呢？」

「這個嘛……比如說輪班制呢。」

「當然不行啦笨蛋。這樣就分不出勝負啦！」

「唉呀……這是在比賽嗎？」

「啥？事到如今妳還在裝傻啊？ｗｗ」

「妳……妳們兩個～」

到底在搞什麼。妳們幾個幹嘛為了誰要幫我做飯吵成一團啊。

我為了消除這種越來越是險惡的氣氛而向可靠的領袖求救。

「沙織，想點辦法吧。」

「那麼京介想讓誰幫你做飯呢？」

「如果要為這件事吵架，那我倒不如去買超商的便當就好。」

「不行！」

嗚喔，三個人同時反駁我。

「……呵呵呵，真是受不了你們。」

沙織稍微瞄了桐乃＆綾瀨一眼，把嘴巴變成ω的形狀後隨即筆直地注視著我。

「呵呵～」

「……怎……怎麼啦？」

別用原本的面容直視我啊。那種美貌會讓人感到暈眩耶。話說回來……這傢伙不是很害羞嗎？什麼時候克服這個弱點的。

我一移開視線，沙織竟然像是要炫耀給其他人看一樣過來挽住我的手臂。

「這樣的話，那就讓我來照顧京介吧。」

「！」

沙織的言行舉止讓爭吵的三個人一起轉向這邊。

「唉呀，這樣應該沒問題吧？我不但有很多時間，而且也可以完成做飯與打掃的任務啊。雖然要花一筆錢就是了——」

「妳這個傢伙，為什麼恢復原本的面貌之後就能夠毫不猶豫地濫用金錢的力量呢！」

還我那個相當貼心的巴吉納小姐來啊！

還有快把我的手放開！其他人的視線好恐怖！

「我嘗試了典型大小姐角色才會做出來的裁決。這樣我就能夠得到強力的屬性，順利走上人氣角色的道路了。」

喔呵呵呵，沙織說完便故意豎起手掌笑了起來。唔……這傢伙恢復原本的面貌之後，性格也變得更加捉摸不定了。

「總之呢，這個折衷案應該很不錯吧？」

「當然不行啦醜女！閃到一邊去！」

加奈子小姐妳太猛了吧。要是沒有自己比任何人都可愛的自信，應該沒辦法對沙織說出這種話才對。

沙織被人用低俗的言語漫罵後，原本以為她會跟過去一樣當成沒聽見，想不到她的太陽穴竟然浮現出血管。而且笑容也開始崩壞了。

「……呵呵呵……真敢說啊，加奈子小姐。這還是第一次……有不怕死的傻瓜敢當面給我難堪……」

沙織，妳這種說話口氣不是典型的大小姐而是弗利沙大人啊。

真的很像耶！嗚，看妳幹的好事……！注意到這個事實的我，以後在漫畫裡看見典型大小姐角色時，腦內就會自動播放弗利沙大人的聲音啊。

「這下子我無論如何都不能把照顧京介的任務讓給妳們了……」

「等一下，怎麼連妳都認真起來了！」

這樣就沒人來打圓場啦！

果然……！這傢伙拿下眼鏡之後，承受挑釁的忍耐力就大幅下降了……

可惡，原本的沙織．巴吉納真的是個很偉大的領袖啊！

等等……像現在這種生氣的模樣也有可能只是她的演技而已。

但不管是不是演技，都還是造成了火上加油的結果。

「小京不決定的話，這個話題就沒辦法結束唷～？」

「京介～你到底有什麼打算嘛。如果選加奈子的話，那我可以特別允許你和我約會唷？不過當然是你請客——」

「那……那我——」

當女孩子之間莫名其妙的爭吵變得更為激烈——幾乎到達噪音的領域時……

「妳們全都給我差不多一點——————！」

讓所有人不得不閉嘴的轟天巨響出現了。

轉往聲音的來源後——馬上就看見一直沒有加入這場騷動，只是在旁邊靜觀的桐乃這時已經傲然站起身來瞪著眾人。

「妳們別來打擾京介！」

這傢伙……剛才說了什麼……

桐乃——竟然會要她們別來打擾我……

「對這個傢伙來說……下個月的模擬考是事關他能不能搬回家裡的重要考試！他是為了要用功才會搬出來——不是要讓妳們來這裡打擾他的！」

現場立刻陷入一片沉默。

「我怎麼可能會打擾他……」

「對啊對啊～我是要來幫他做飯，讓他好好專心看書耶？」

「這樣最後還是會打擾到他。別做這些會讓他分心的事好嗎？」

「但是……我反對讓小京一直吃超商的便當。如果是我的話……應該就能在不打擾到他的情況下完成任務……這樣可以嗎？」

「不行。」

「為什麼？」

「因為我會不高興。」

不愧是桐乃大小姐。不愧是元祖不講理女王。

「『下次』好好談一談——然後有可能會和好。但那再怎麼說也是『下次』的事情。所以現在是現在。就因為這樣，『現在』的我絕對無法贊成這個提案。」

「這樣啊。」

即使遭受人家如此嚴厲的拒絕，麻奈實臉上依然掛著微笑。

「那就沒辦法了。」

輕鬆就把對方的惡意付諸流水。我想她將來應該會是個能應付超討人厭小姑的太太吧……

「但這下子該怎麼辦呢。我看就算小京說出『自己的事情我自己處理就好』，大家應該也

不會同意吧。」
麻奈實環視周圍眾人並這麼說道，結果馬上就從各處傳來同意她看法的聲音。
……果然不行嗎？我還正想這麼說而已呢。
這時候依然帶著微笑的麻奈實看著桐乃說：
「難道——桐乃是想要自己照顧小京嗎？」
「啥？少噁心了，為什麼我得照顧這個傢伙呢？」
我也死都不會讓妳照顧，所以妳放心吧！
「那麼……妳有什麼打算呢？」
沙織以較為溫和的方式提問之後，桐乃便用帶著深意的眼神看了一下眾人——
然後指向某個人物。

「綾瀨，拜託妳了。」

「咦？」
我想在場的所有人內心應該都發出了這樣的聲音。
「拜託我……咦？桐乃……這是怎麼回事？」

綾瀨用真的搞不清楚狀況的表情如此回問道。

而桐乃則是很乾脆地這麼回答：

「我也知道這樣很麻煩，不過這個月可不可以拜託妳照顧一下這傢伙呢？」

「為……為為為為為什麼是我呢？」

也不用露出這麼厭惡的表情嘛！這樣我很受傷耶！

「因為綾瀨妳討厭這傢伙對吧？」

「嗯。」

毫不遲疑啊！

「所以綾瀨才是適當人選。」

「這是什麼道理啊！搞不懂妳在說什麼！」

再也忍耐不下去的我一這麼吐槽……

「你給我閉嘴。」

馬上就遭到反駁了。可惡……這明明是我的問題……

「黑貓和加奈子都有各自的問題，沙織家又住得最遠，而我又不想讓麻奈實……小姐負責這個任務，當然我自己也不可能勝任。剩下來的綾瀨不但個性相當謹慎，而且也討厭這個傢伙，此外也很會做菜……目前又已經推甄上了想念的學校……與其要她照顧這傢伙的飲食……

倒不如說我想請她好好監視這個傢伙才對。」

「喂，桐乃，為什麼要叫人監視我啊！」

這種說法太惡劣了吧。而且我也搞不懂為什麼要特別設下「這個月就好」的期限。

「哼！」

桐乃氣沖沖地用鼻子冷哼一聲，然後把不知道什麼時候拿在手上的檔案夾推到我面前。

「啊！這是！」

我忍不住放聲大叫。這是因為我曾經看過桐乃手上拿的檔案夾。

那……那個是……

「老爸要我寫的報告書嘛！」

「沒錯」，桐乃說完便點了點頭，接著繼續表示「聽說裡面也寫了看書的進度，於是我便稍微檢查了一下——結果這是什麼內容？我看你根本沒有努力嘛。」

「哪有！我很拚命了！」

最近這段日子已經是我打從出生以來最用功的時期了唷！

「對你來說或許已經夠用功了，但那根本不夠啦。你不是跟我約定好會加油嗎——」

「…………」

雖然我個人認為已經夠拚命了……但這點程度對超級努力家的桐乃來說，可能只是小兒科吧。這傢伙是那種凡事完全不留退路的人。

「結果你還是對自己太寬鬆啦。」

在陷入一片寂靜的會場當中，桐乃把文件夾擺到我面前並且用嚴厲的口氣這麼說道：

「想搬回家裡的話，應該要更認真一點吧。」

更認真一點——嗎？但我覺得……已經相當認真了啊。

「還是說——你這麼想變成我的奴隸？」

「嗚……！」

真讓人火大。雖然偶爾會有可愛的時候——但這傢伙真的很讓人火大！

「我就做給妳看！妳好好等著吧，臭傢伙！」

我一定要拿到A判定，然後讓妳聽我的命令做一件事。

「哈……氣勢倒是很不錯啦。只是還是無法讓人信任——」

這時桐乃便以對朋友專用的溫柔語氣說道：

「事情就是這樣——綾瀨……我也知道這是個很任性的請求……但可不可以請妳幫忙監視這個傢伙呢。只要到模擬考前就可以了。」

「但……但是……要我監視大哥實在……」

綾瀨還是遲遲不肯答應。

你們大家聽我說一下嘛……現在我的眼前——有一個可愛的女孩子被人拜託照顧我，然後繃著臉做出很厭惡的表情耶！

太傷人了吧！我的胸口開始發疼了……

「嗚……嗚嗚……」

綾瀨像是很感到羞恥般用手臂抱住身體，然後臉也脹得一片通紅。

看見她這種模樣之後，桐乃又補上一記最後的殺手鐧。就像曾經對我做過的那樣——雙手合十並以撒嬌的聲音說：

「沒有其他人能幫忙了……好嘛～拜託妳啦～♡」

「嗚……嗚……嗚嗚……」

啊，淪陷了。

「……好吧，我答應——我答應就是了！」

「謝謝妳，綾瀨！不愧是我最要好的朋友！」

桐乃緊緊抱住綾瀨來表達她的謝意。

「真……真是……拿妳沒辦法……」

我的妹妹或許真的是個充滿魔性的女人。

原本露出處身於天堂般的表情並感到害羞不已的綾瀨，在看見我之後，馬上轉變成非常複雜（我不想將它解釋為非常厭惡）的臉孔。

「我真的真的……很不想這麼做，而且也覺得很噁心……但桐乃都這麼拜託我了……」

綾瀨接著又更大聲地表示：

「那我就負責照顧大哥的生活起居吧——」

別開玩笑了好嘛。

我的妹妹究竟在想什麼啊。

當然前幾天已經聽過她做出這種決定的理由了——因為綾瀨討厭我，而且相當謹慎，加上其他人又都有問題——所以才會拜託綾瀨監視我。

但我還是沒辦法完全接受這種說法。因為桐乃已經跟我打賭——那傢伙認為我沒辦法拿到A判定，所以也無法搬回家裡。而我輸了之後就得「一輩子當她的奴隸」。

但是桐乃那時候卻說，要綾瀨監視我完全是為了我好。雖然也參雜了一些她的任性——但她還是為了我，低頭請求綾瀨幫忙了。而且還為了讓我更加努力而斥責了我。

實在讓人搞不懂——為什麼說的和做的完全相反呢。

明明我拿到A判定的話，她就得聽我的命令去做一件事了。

為什麼還要這樣幫忙我呢？

——「妳們別來打擾京介！」

為什麼要那麼生氣呢？

「啊～可惡，那個妹妹還是一樣煩人……」

我一邊用力搔著自己的頭，一邊走在回家路上。

慶祝我搬家的派對早已結束，這時已經是隔天的放學後了。

一回到公寓，馬上發現門鎖已經被打開。於是我便推開門走進房裡。

「……我……我回來了。」

「啊，大哥——你回來了嗎。」

穿著圍裙的綾瀨就像新婚妻子般到門口來迎接我。

……當我啞口無言地看著她時……

「怎……怎麼了？有什麼意見嗎？」

「沒……沒有啦……總覺得妳好像很高興。」

「我才沒有呢。」

明明還帶了小熊圍裙來，一副就是充滿幹勁的模樣……

當我在欣賞綾瀨新婚妻子般的打扮時，忽然注意到一件事。

「咦？妳頭上戴的東西是……」

「呵呵，你注意到了嗎？」

綾瀨撩起瀏海，以炫耀的態度讓我看見「那個」。

沒錯。綾瀨別在頭髮上的飾品，跟桐乃經常別在頭髮上的髮夾一模一樣。這時她臉上露出相當高興的笑容並且說：

「是桐乃給我的。她說想要回報我答應幫忙照顧大哥，所以我便跟她要了這個髮夾。」

「是喔，很適合妳嘛。」

「嘿嘿嘿……這樣我就和桐乃一樣囉。」

綾瀨得意地把手機螢幕的待機畫面展示給我看。

上面是綾瀨和桐乃的相片，而且兩個人還戴著同樣的髮夾。

相同的制服、成對的髮夾、左右對稱的髮型。

「哈哈，好像姊妹一樣。」

「真……真的像嗎？嘿嘿嘿……總覺得有點害羞呢。呵呵，看來我也得回送個禮物給桐乃才行。」

喂喂，桐乃送這個給妳就是要當成謝禮了，妳要是再回送的話她就不知道該怎麼辦了吧？

「雖然我不是當事人，不過我想跟她道聲謝就可以了。因為那也不是多昂貴的東西吧？」

這個髮夾其實相當普通，我甚至還懷疑為什麼那麼時髦的桐乃會經常戴著它呢。看起來就像那種五百日幣就能夠買一大堆的髮夾。

「你錯了，大哥——其實這個髮夾已經買不到了。因為我本來就很想要有跟桐乃一樣的髮夾，所以曾經到處去找。雖然是有類似的，但就是找不到完全一樣的東西。」

以綾瀨固執的程度都找不到的話，那市面上應該真的買不到了。

「那桐乃是在哪裡買的？」

「她說小時候知道自己喜歡的髮夾即將停止販賣之後，就買了許多當成庫存。還說現在剩下沒多少了，所以相當珍貴唷——」

啊啊……原來如此，是已經停止販賣的商品嗎？

「那就真的很稀有了。」

「嗯，對我來說這也是很特別的髮夾。」

這樣啊。那真是太好了……

看見綾瀨一臉高興地摸著髮夾，我的表情在不知不覺間也變得相當柔和。

「那個……要再跟妳說聲抱歉。桐乃對妳做出如此無理的要求。妳應該覺得很困擾吧？」

我吞吞吐吐地道完歉後，綾瀨便像是很不好意思般把視線移開了去。

「別這麼說——其實，我反而覺得很高興呢。」

「咦……？」

「因為……」

因……因為……？這……這種發展……到底是……

「這樣我才能拿到這麼棒的禮物啊，而且……」

綾瀨把一隻手放到染上紅暈的臉頰上並繼續說：

「這也是我回報桐乃恩情的機會。」

我差點就跌倒了。

「既然是桐乃的請託，那我一定會盡全力來照顧你！你最好要有所覺悟喔，大哥！」

「唔……嗯……」

原來是這麼回事啊。她不是對我有意思，而是要回報桐乃才有這樣的幹勁啊。

她一定很想把握這個回報桐乃恩情的機會吧。

我也很能理解這樣的心情。比如說……如果是沙織或者麻奈實有什麼困難而來向我求助的話——我也會全力幫助她們。

對綾瀨來說，桐乃應該就是這樣的存在吧。

「因此呢——」

這時綾瀨不知道從什麼地方拿出一把亮晃晃的菜刀來。

「我馬上就借用了大哥的廚房。」

「嗯……嗯……多謝妳了。」

某方面來說，這簡直像新婚夫妻般的對話已經讓我開始心跳加速。不過真要詳細分析比例的話，應該是綾瀨拿著菜刀站在我身邊的事實，讓我感到心驚膽跳的成份比較高吧。

我馬上不斷對自己說，絕對……絕對不能刺激手上拿著菜刀的綾瀨。

綾瀨走進廚房後，我也為了開冰箱而跟了進去。

「買食材應該有花錢吧？要多少錢？」

如果綾瀨先代墊這筆費用的話當然得趕快把錢還給她，但她卻搖了搖頭說：

「還有一些派對沒用完的食材。姊姊和黑貓小姐……那兩個人真的很厲害。準備食材時應該就已經考慮到往後的事情了……現在一看到冰箱的內容，我就了解要做什麼菜比較好了。」

「那也算是銜接得天衣無縫了。」

這就是所謂的家庭主婦的自尊嗎？

「冰箱上貼著菜單……而且派對剩下來的料理也保存地相當好……她們真的很替你著想唷，大哥～」

雖然有種話中帶刺的感覺，但我決定告訴自己那只是我想太多了。

「真不知道該怎麼謝謝那兩個傢伙……」

「…………」

「怎……怎麼了？」

「不……沒什麼。倒是大哥，我認為現在馬上去用功就是對大家表達感謝之意的最好方法唷？」

「說得也是。」

我知道啦。

「不過，在那之前有些事情我想先跟妳說一下……」

我偷偷看了一下綾瀨的臉，結果發現她正用讓人發冷的輕蔑眼神回看著我。

「……我好像沒有答應過要做這種服務。」

「別說得好像我是只想跟女孩子聊天的寂寞年輕人一樣！」

穿上圍裙後就覺得自己變成女僕了嗎！

「我不是想聊天，只是覺得是不是該先把規則訂好。」

「規則嗎……？」

「嗯嗯。應該需要吧？雖然只是短暫的時間——但我和妳既然要度過一段共同生活，還是要訂些規則才行吧。」

「什……什麼共同生活！」

綾瀨不知道為什麼對這個名詞有了很激烈的反應。

她馬上把菜刀對著我並且說：

「你……你你你……你在想什麼啊，少噁心了！我要報警囉！」

「咦咦～！」

綾瀨小姐，這個報警的理由也太牽強了吧！可惡……這個臭女人報警的標準越來越低啦！

「拜託別把菜刀對著我好嗎！」

這個姿勢已經不是「我要報警」而是「我要殺了你」了吧！

綾瀨像是要說什麼藉口般，講了一句「因為……」後便嘛起嘴唇，而手裡的菜刀依然還是對準我。

「說……說什麼共同生活……這樣好像我和大哥正在同……一樣啊……」

「……妳說什麼？」

聲音越來越小，後半段幾乎都聽不見了。

「我……我是說──」

往下看的綾瀨隔了好一段時間才重新抬起頭來，然後往上瞄著我並這麼開口表示：

「……好像正在同居的情侶一樣啊……」

「……什……什麼同居……」

如果能夠直接取笑她說「出現自我意識過剩者一名」的話，那麼這個話題應該很簡單就能結束了。

不過這忽然傳過來的一句話，卻隱含著讓我再也不對綾瀨性騷擾的決心產生動搖的極大破壞力。

其實，我也很了解自己是什麼樣的人……我這個傢伙呢，在女孩子面前根本連屁都不敢放一個。好不容易交到女朋友，最多也只能和她牽牽手而已……

但正因為這樣，才需要決定一些規則來預防可能會發生的麻煩。

啪。我用雙手拍了一下臉頰好重新堅定自己的決心。

「抱歉，我不該那麼說。總之綾瀨是在桐乃拜託之下才會來這裡照顧我的生活起居對吧，不過我們彼此應該還是會有自己的事情……」

「嗯……嗯。」

「所以我才說要訂立這方面的規則。比如說每個禮拜幾的幾點會過來我這裡之類的——」

「幾點嘛……啊！在……在那麼晚的時間把我叫出來——你……你究竟想做什麼？」

「我什麼都還沒說吧——！」

「……看來是想讓我在很晚時到這裡來然後還一直拖延時間，最後才說『最後一班電車也開走了，怎麼辦？要不要住下來？』對吧。」

「才不是哩！為什麼我要對妹妹的朋友發動那種像痞子男大生一般的作戰呢！」

而且這點距離妳根本可以走路回去吧！

話說為什麼妳的比喻會如此地具體呢！看來這傢伙一定逮到機會就要誣陷我對她性騷擾！

不……不行啊京介，快點冷靜下來……

不能被綾瀨牽著鼻子走。

吸氣～吐氣～吸氣～吐氣。我等自己冷靜下來之後，便又開口說道：

「我想妳也有模特兒的工作要忙，所以也不用每天都過來──不過，這也只是我的提議而已啦。」

「哼……是……是這樣啊。」

綾瀨像個小孩子一樣噘起嘴唇，然後面帶難色地這麼回答：

「但……但是……我昨天已經急忙把時間都空下來了……所以這陣子還滿有空的……」

就算是桐乃的請求，妳也未免太拚了吧？

「所以，那個……其實我打算每天都過來。」

「這……這樣啊。」

「你不喜歡我過來嗎？」

「啊啊，不是啦不是啦……」

我搖了搖頭。表示自己不是這個意思。

然後一邊移開視線一邊搔著臉頰說：

「我很感謝也很高興……只不過覺得這樣真的欠了很多人不少人情啊。」

我明明什麼都沒做——但大家卻對我這麼好……老實說真的覺得很心虛。

但綾瀨聽見我的話之後，竟然很難得地露出溫柔的微笑來回應我。

「只有大哥你才會這麼想啊。」

「是這樣嗎……」

「一定是的。無論是姊姊、加奈子、沙織小姐、黑貓小姐……還是桐乃，甚至連我都——」

「只是把從哥哥那裡得到的東西，還回去給你而已。」

——……………嚇我一跳。

「我還以為妳很討厭我呢。」

「當然很討厭唷？」

這樣啊。說得也是，桐乃她也是這麼說嘛。

好啦好啦，我知道只是空歡喜一場。

「雖然討厭，但我也很感謝大哥啊。」

「我做過什麼讓妳感謝的事情嗎？」

我怎麼不記得了。

綾瀨這時終於把菜刀放在流理臺上（總算放下心頭的大石了！），然後轉身面向我。

「和桐乃大吵一架的時候——都是託大哥的福，我才能和她和好。」

「…………」

那是我不太願意回想起來的記憶。

那個時候我在自己身上加了「愛上妹妹且贊成近親相姦的變態哥哥」這樣的污名，然後在遭受綾瀨誤會之後成功地讓事情不了了之。

相對的——綾瀨變得相當瞧不起我。不過就結果來看，桐乃和綾瀨也因此而和好了。

在那之後——

「大哥也接受了好幾次我的人生諮詢。」

「啊啊……好像有這麼回事喔。」

綾瀨不知道為什麼開始找我這個她認為是變態、性騷擾魔人且討人厭的傢伙商量事情。

我幫她一起構思要送桐乃什麼生日禮物，也偽裝成加奈子的經紀人潛入cosplay大賽當中。

當時慫恿她穿上暴露cosplay服裝的我，也成為她殺人迴旋踢的腳下亡魂。

桐乃迷上手機成人遊戲而冷落了綾瀨，讓她哭著來找我時，也在為了了解桐乃的興趣這個名義下——一起玩了成人遊戲。然後我又成為她殺人右鈎拳的手下亡魂。

之後又數次偽裝成加奈子的經紀人，以及被綾瀨銬上手銬和用火燒……總之發生過許多事情就對了。

「哈哈……回想起來真的每次都很失敗啊。」

應該說我不是被揍被踢就是差點被報警抓走——遭受了無數殘酷的待遇。只不過……就算每次都氣憤地咒罵著，但是對綾瀨的好感度卻還是沒有下降，這讓我自己也覺得相當驚訝。先說我可不是被虐狂唷？

「是啊。大哥每次都害我覺得很丟臉……」

可能是回想起當時的情形了吧，只見綾瀨把手夾在平緩的胸口表現出害羞的模樣。

「妳可是好幾次都讓我感到痛不欲生啊。」

「呵呵……那是大哥自作自受。」

這時她又露出平常那種「性騷擾魔人，報警抓你唷」的冷淡眼神。

雖然我不是被虐狂，也決定不再性騷擾了，但是我其實還滿喜歡這樣的對話。

只不過因為某種原因而無法解開誤會，一直讓我覺得相當懊惱就是了……

就算被當成變態也不錯——我實在沒有辦法這樣說服自己。

「…………」

「…………」

一陣尷尬的沉默之後……

「……大哥……可以跟你說些嚴肅的話題嗎？」

「嗯……嗯……妳要說什麼？」

綾瀨那種認真的態度讓我挺直了背桿。嚴肅的話題……究竟是什麼呢……

可能是很難啟齒的話題吧，只見綾瀨遲遲沒有開口。她紅著臉頰低下頭去，表現出……有點害羞的模樣。

我忍不住吞了一大口口水……

「那……那個——」

綾瀨下定決心般抬起頭來，用手指著牆角說：

「是關於那個床單下面的東西！」

「噗噗——！」

竟然是這件事嗎！每次都因為被女孩子看見色情物品而沮喪不已的我，又要再度面臨這種情況了嗎！話說回來，妳這傢伙的確對床單下的東西很有興趣。好啦好啦，我知道啦。又要迴旋踢了對吧。可惡，這到底是什麼情況！重複性也太高了吧！

「綾瀨……妳看到了？」

「嗯，剛才大哥回來之前我就看過了。」

「這樣啊……」

這個變態去死吧——！這時我已經做好出現這種發展的心理準備，咬緊牙關準備承受痛楚，但綾瀨卻一直沒有使出必殺迴旋踢，反而是開口說出這樣的話來。

「哪裡有在賣……那種人偶？」

「什麼～？」

由於實在太過於出乎人意料之外，讓我忍不住發出了怪聲。

「……等……等一下。綾瀨……妳看過內容物了對吧？」

「是……是啊。裡面有好幾尊……不知羞恥的人偶……」

「那些公仔呢……」

「嗯。」

「是來自於一款叫做《自動送上門來的妹妻》的遊戲唷。」

「！」

綾瀨的右腳動了一下。感覺上就是反射性要使出踢擊，但好不容易才忍耐了下來。

……喔喔……這樣都還沒踢我，就表示提出這種問題的她確實知道裡面是什麼了。

不過我的膽子也真是大，竟然敢用這種方法來確認。一個搞不好就會馬上喪命啊。

「『妹妹』……也就是說，這些果然是桐乃的囉。」

「不是啦。是御鏡那傢伙送來的搬家禮物。」

「……有相同興趣的朋友真是太好了呢。」

「…………」

好想否定！我超想否定的啊……！但在綾瀨面前還是得保持「萌妹的變態鬼畜哥哥」這種形象——嗚哇啊啊啊啊，這實在太難受了。

在痛苦萬分的我面前，綾瀨似乎不知道該怎麼開口才好，但最後她終於這麼表示：

「……但是……桐乃她……也喜歡這種人偶吧。」

「應該說超喜歡的吧。」

這是無庸置疑的事。

「為什麼呢？」

「咦？」

「為什麼桐乃——會喜歡這種色情人偶與遊戲呢……？」

她對我提出一個相當基本的問題。

就是桐乃喜歡妹妹、成人遊戲與御宅族商品的理由。

「因為——」

「因為？」

「那是和我之間的『愛的羈絆』啊。」

這當然只是謊言，但對於綾瀨我也只能這麼回答了。就算會因此而遭受迴旋踢，我也沒辦法誠實地回答她的問題。這真的讓人很懊惱。

「那個…………」

但是綾瀨竟然沒有生氣。而且還用另一種我期盼已久的「巧妙的方式」問道：

「有沒有其他的理由？除了和大哥的『愛的羈絆』之外的——其他理由。」

這種詢問方式實在是太棒了。簡直就像已經看穿我無法說出真話的實際原因一樣。

這樣的話就能回答綾瀨的問題了——我原本是這麼想的……

——「可……可是！沒有辦法啊……我真的不知道嘛！不知道從什麼時候開始，就已經喜歡上了啊……」

……桐乃那傢伙曾經這麼說過。

其實我也不知道妹妹喜歡上成人遊戲的理由。

所以我也就老實回答：

「或許是有吧，但我也不知道。我想連桐乃她自己都不是很清楚。」

「……這樣啊。」

「對了……妳為什麼要問這種問題？」

為什麼——要問哪裡有在賣這種人偶的問題呢？

「沒……沒什麼！請忘了這件事吧……」

如果又是要買送桐乃的禮物，其實我也可以幫忙代買，但綾瀨卻執意要結束這個話題。

「……那……那我去看書囉。」

「——好的。請多加油囉，大哥。」

於是乎——綾瀨真的就這樣每天來到我家。

雖說是桐乃的請託，但超可愛的美少女每天都這麼勤奮地來照顧我，讓我這些日子就像是生活在天國裡一樣。只不過，原本以為這樣就能夠更加專心地看書——

「結果完全不是這麼回事嘛！」

現在雖然坐在桌子前面對著題庫，但是卻連一題都寫不出來。在眼前這種情況下，叫我怎麼可能寫得出來嘛。

雖然我自己也覺得在桐乃面前說下那種大話，現在竟然如此沒有定力實在相當丟臉。但我必須強調今天真的是遇見了讓我「束手無策」的情況。我說真的！因為——

綾瀨她正在我的浴室裡淋浴啊。

在一片寂靜的房間裡，可以聽見一陣陣沙沙的水聲。

……………………請大家讓我說明一下。

今天放學之後下了一陣強烈的午後雷陣雨。我也是在制服淋得一身濕的情況下回到家裡，然後處理著曬在外頭的換洗衣物。就在這個時候，門鈴跟平常一樣響了起來……接著淋成落湯雞的綾瀨便出現了。

這時身為主人的我，當然要請她趕緊去淋浴才對吧？

我馬上幫她準備了換穿的衣物（雖然是我的衣服），然後回到桌子前強迫自己冷靜，試著要開始用功。但是這種情況下根本無法集中精神啊。

「…………」

這種狀況……雖然和我跟桐乃一起去澀谷時十分相像，但綾瀨又不是我的妹妹——

「笨蛋。這根本沒什麼。快冷靜下來啊我……！」

我帶著焦躁不安的心情瞄了一下浴室的門。

然後吞了一大口口水…………

叮咚！

嗚哇啊啊啊啊啊啊啊啊啊啊啊啊啊啊啊啊啊啊！

「搞……搞什麼啊……！」

嚇死我了！到底是誰！到底是哪個這麼不識相的傢伙這時候跑來按門鈴——

我看應該又是之前那個宅急便的大哥吧！

碰咚碰咚碰咚——嘰～

我快步走到玄關去將門打開，結果出現在門口的是一名出乎意料之外的人物。

「你好～」

「是……是日向啊！」

「哈囉～高坂大哥。好久不見了～」

舉起單手來很有精神地向我打招呼的正是黑貓的妹妹——日向。

我也很高興地對著這個小朋友說：

「嗯，確實有一陣子不見了——我很想妳唷！」

「我也是我也是。嘿嘿～」

我們兩個人已經變得很熟了。日向雖然是小學生，但總覺得和她很有話聊……總之呢，從她身上能夠感覺到與加奈子類似的親近感。

「妳來做什麼？」

應該說，妳怎麼會知道我家呢。

「嗯～我是『墮天使』大人的『使魔』。」

「原來如此，我完全了解了。」

日向啊，順帶跟妳說一下，不是「墮天使」而是「墮天聖」。搞錯的話那傢伙會生氣唷。

「咦？真的嗎？講這樣你就懂了？」

「真的啦。也就是說黑貓擔心我的生活起居對吧？但是因為有點問題而不能親自過來確認。就在她感到焦躁不安的時候，妳這個好奇心旺盛的傢伙就先從黑貓或是桐乃那裡問出事情的經過，然後就獨斷獨行地跑過來了——」

對日向問了「我說的沒錯吧？」之後，她馬上嚇了一大跳。

「高坂大哥真是太厲害了！為什麼能夠知道得那麼清楚呢？」

「哼，這是愛的力量。」

「對我的愛嗎？」

「應該說是對黑貓與桐乃的吧……？」

「太猛了～！講這種話都不會覺得丟臉嗎？」

其實真的很丟臉，實在不應該順勢說出這種話來。

「我發現瑠璃姊整個人很沮喪～就算問她也不告訴我理由～所以昨天才跟桐乃姊商量這件事情。結果才知道高坂大哥為了用功而搬出來住了，然後這段期間桐乃姊竟然不是讓瑠璃姊，而是請別的女孩子照顧大哥對吧？我想瑠璃姊應該是對桐乃姊不信任她，以及桐乃姊竟然有比自己還要信任的對象感到很難過吧～不過客觀上來看，桐乃姊的判斷其實沒有錯。要是和瑠璃姊兩個人獨處的話，高坂大哥應該會讀不下書吧！」

「…………」

台詞太長了吧，妳這個小大人。

「……所以妳就跑來看我過得如何嗎？」

「嗯。」

「桐乃沒叫妳別過來？」

「她要我不要打擾你～」

那妳還馬上就跑過來，真是個不聽話的小鬼。

「算了，要不要先進來？」

現在正在下雨，而且也開始起風了，繼續站在門口會淋濕的。

雖然覺得這小鬼實在有點誇張，但我還是這麼提議，結果日向竟然像綾瀨那樣用雙臂抱住身體，紅著臉頰說：

「這……這難道是在引誘我進你房間嗎？」

「喂！」

這笨蛋竟然講出這麼危險的發言，我只好趕緊抓住她的肩膀，直接把她拖進房裡。

「呀！」

「說不定有人在聽耶……！」

雖然我是為了保護自己的社會形象才會這麼做，但日向卻把手掌貼在兩頰上，用很高興的語氣說：

「哎呀~你果然是準備對我這個小學生做出難以啟齒的事情嗎！就像桐乃姊那裡的色情同人誌那樣！」

「喂，小學生！講這種話真的很難笑喔！」

還有桐乃這傢伙，竟然讓小學生看到那種東西！應該不是主動拿給她看的吧！

「……算了。總之算是順利度過危機了。」

只要把玄關的門關起來，外面應該就聽不太見聲音才對。

……我怎麼像個綁架犯一樣啊。不行不行。這只是一個跟我要好的小學生來家裡玩，而我也正準備要招待她而已——

走在前面的我把日向帶進房裡，然後便轉身對著這個小客人說：

「日……日向……妳隨便坐一下。我去拿些零食來給——」

當我要說出「妳」這個字時，忽然注意到一件非常嚴重的事情。

那就是房間裡能聽見沙沙的水聲。

糟了——！綾瀨在浴室啊！我怎麼會幹出這種蠢事來呢……！

然而我根本沒有時間後悔，因為浴室的門隨即在我和日向眼前打開，剛洗好澡的天使降臨了。

「大哥，謝謝你幫我準備的衣……服？」

綾瀨看見坐在房裡的日向後隨即整個人僵住了。

「等等……這種發展實在是出乎人意料之外啊，高坂大哥……」

另一方面，目擊到綾瀨出現的日向則感到一陣愕然。

順帶一提，我幫綾瀨準備的，是我平常在家裡穿的一套運動服。不過身為模特兒的她果然穿什麼都很好看——但是呢！綾瀨淋成落湯雞之後一定連內衣也都濕透了……所以……也就是

說……會變成那種情況才對吧。

我是笨蛋嗎，現在不是注意這種事的時候了啊！

我看著剛洗好澡的綾瀨發愣，但忽然想起正處身於緊急事態當中，只得趕緊強打起精神。

陷入僵硬狀態的綾瀨這時終於回過神來，用手指著日向並發著抖說：

「大……大哥！你竟然趁我在洗澡時帶了這麼小的女孩子進來——！」

「只是因為她在雨天來找我，才會請她進來家裡啦！」

別用那種發現犯罪者的眼神看我！

「這個女孩叫做日向，是黑貓的妹妹唷。」

「連……連黑貓小姐的妹妹都……」

「妳也太不相信我了吧！」

故意的？妳是故意的嗎？

「呵呵，開玩笑啦。我想就算是大哥，也不會對這個小女孩做出什麼事情。」

「…………」

雖然很高興妳能夠理解，不過妳好像還加了一句多餘的話喔。

結果接下來又換成日向開始吐槽我了：

「高……高坂大哥你這個劈腿男——！為什麼才剛搬出來住就帶別的女人回家？」

「這是誤會啊，妳先聽我解釋！」

我急忙伸出雙手這麼辯解道。

可惡，為什麼我得對一個小學生說出這種外遇被發現時的台詞呢？

我開始有點想哭了耶？

其實這種景象本身也很容易引起新的誤會就是了。

「剛才不是提到桐乃選了另一個女生來監視我嗎？那個人就是這位綾瀨小姐啊！」

「是……是的！我被忽然下起來的大雨淋得一身濕……所以才會跟大哥借浴室——」

「那沒有任何可疑的地方囉？」

「沒有沒有！」

我＆綾瀨同聲這麼主張。

聽見我們這麼說的日向說了句「是喔」後便交互看了一下我們的臉，然後繼續這麼說道：

「那我就把這件事情原原本本地傳達給瑠璃姊囉。」

「嗯嗯，那當然沒問——」

「不……不行！」

綾瀨大叫著打斷我要說的話。

「……綾瀨？」

我用驚訝的眼神看著她的臉，結果露出非常焦急表情的綾瀨頓時手忙腳亂了起來。

「不……不是啦……因為……我怕之後桐乃會有奇怪的誤會……所以……」

「好好說明就沒問題啦。只要這傢伙傳達時不要加油添醋就好了。」

我輕輕戳了一下日向的頭，結果她馬上就回答「我不會那樣啦。」

「跟黑貓說我有努力在用功，也有好好吃飯，要她別太擔心我了。」

「好啦，我知道了～但是……除了這個之外……看來我還有其他事得向姊姊報告才行～」

……這是什麼意思？

日向之後馬上就回去了，但我還是完全搞不懂她說的那句話究竟是什麼意思。

「呼……今天就到這裡吧。」

凌晨一點——停止看英文的我伸了個懶腰。自從我開始努力用功之後，脖子就經常變得非常僵硬。長時間集中精神後，太陽穴附近會有些刺痛，額頭也會像是發燒一樣。這跟劇烈運動後那種舒服的疲勞感不同，動腦時間結束時可以說完全沒有爽快的成就感耶。怎麼會這樣呢。

「啊～煩死了煩死了。我果然不喜歡看書啊。」

成績好的傢伙應該和我不一樣吧。桐乃用功時都在想些什麼呢。

「傳個簡訊給她看看吧。」

忽然興起這種念頭的我，隨即用手機傳了簡訊給妹妹。

「哥哥我今天也看了很多書唷！」

好，傳送。

等了幾十秒鐘後…………馬上就有了回音。

「煩死了！噁心！」

…………

「真是的，這個妹妹就不能用溫和一點的方式跟我溝通嗎？」

虧我還傳了如此友好的簡訊過去。

每次都是這樣嘛。我連她發飆的表情都想像得出來了。

「還是換個口味，看看綾瀨粉絲部落格來療癒我的心靈吧。」

我啟動桌上型電腦（以前沙織給我的那台），接著打開的網頁便是前陣子赤城告訴我的「Lovely My angel小綾瀨♡粉絲部落格」。那是個隔幾天就會刊登可愛天使小綾瀨照片的個人部落格。

我已經把這個網站加入我的最愛，定期都會到這裡來瀏覽一番。

當然所有照片也都保存下來了。

「今天又會有什麼樣的照片呢～」

我隨著讓黑貓或是桐乃聽見一定會被賞巴掌的台詞，心情愉悅地操作著瀏覽器。喀嘰喀嘰喀嘰喀嘰，磅——！我迅速按下滑鼠的左鍵。

當我滿懷期待地準備欣賞刊登在最新文章上面的天使照片時——

「嗯……？」

卻發現更新的文章……跟過去的有點不同。

「小綾瀨，妳怎麼了？」

我幻滅了！小綾瀨為什麼會做出這種事呢？

妳要背叛粉絲嗎？妳不會這樣吧？

……其實我本來也想放上更誇張（如果說是和某個人的照片妳應該就知道了吧？）的照片，但還是決定給妳一個機會。

因為我真的很喜歡小綾瀨。

請不要再做出這種不謹慎的事情並且好好地反省自己唷～

最喜歡妳的沙也佳。

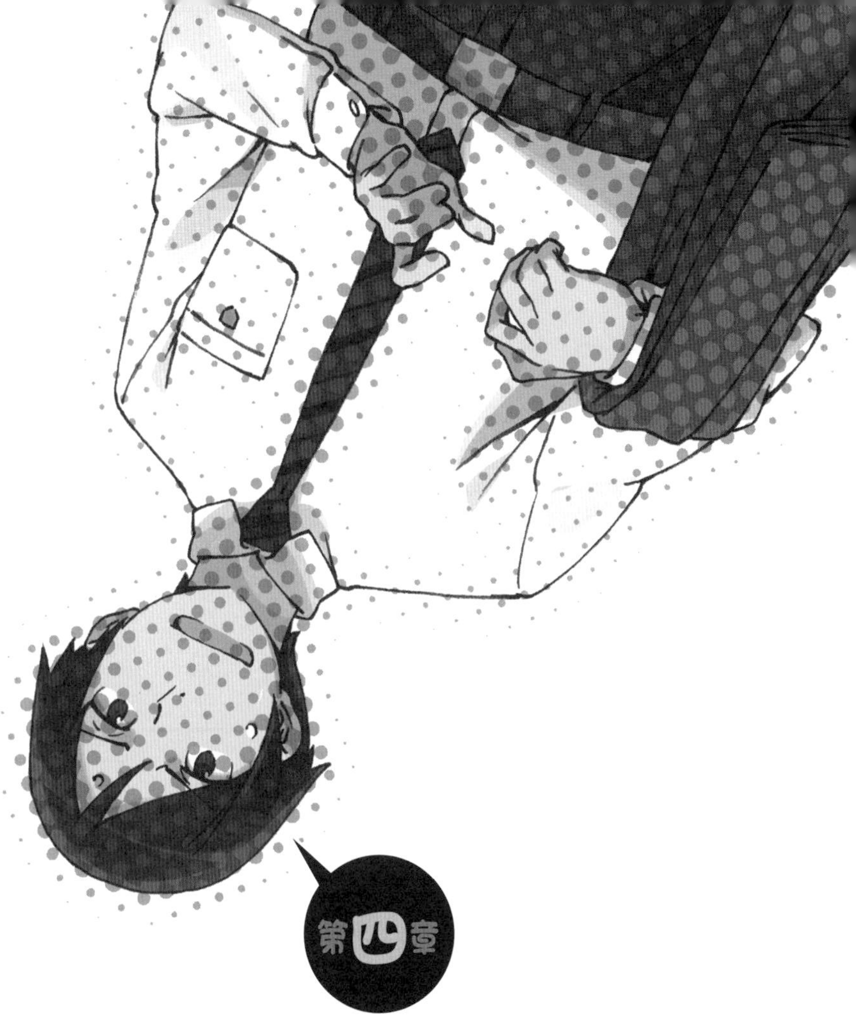

第四章

「這……這是怎麼回事……？」

刊登在「Lovely My angel小綾瀨♡粉絲部落格」上面的，是綾瀨與某個男人牽著手從旅館裡走出來的照片——當然不可能有這種事，那其實是一張綾瀨在某間店裡購物的照片。

「這不是……桐乃常去的那間御宅族商店嗎？」

就是那間在車站前面，曾經發過「星野克拉拉小姐簽名明信片」的商店。由於桐乃也帶我去過好幾次，所以我還記得這裡。

但……但是……討厭御宅族且有潔癖症的綾瀨，竟然會到這種地方去——

而且……拿在手上準備購買的，不就是妹系的美少女公仔嗎！那個綾瀨……真的買了這種東西嗎？

「嗯……」

這麼說來之前她好像問過我關於公仔的事情……如果是在平常的話，我一定會認為這絕對不可能，但只要加上「為了桐乃」這個條件之後，綾瀨就有能夠做出任何事情的傾向。

……這可能是為了桐乃而準備購買妹系公仔時被拍下來的照片。

我幻滅了！小綾瀨為什麼會做出這種事呢？

我開始搔著自己的臉頰。

「……看來部落格的主人真的很生氣呢～」

簡直就像綾瀨對桐乃的態度一樣。不過……跟「Comike同人誌灑滿地事件」時的綾瀨比起來，這已經溫和多了。

——小綾瀨，妳要背叛粉絲嗎？

「果然會被這麼認為嗎～」

我大概能理解部落格主人生氣的原因。

我差點都給忘了呢。和桐乃、黑貓和沙織等人混在一起之後，我自己也變成了御宅族，所以開始覺得御宅族其實也不錯——但也有不少人無法接受這個族群。像是桐乃過去曾經說過的社會大眾。

「可是在社會上御宅族被大家以不好的眼光看待，我也很清楚的。你知道在日本最討厭御宅族的族群是什麼嗎？」

這就是妹妹所以不敢公開興趣的理由。

事隔一年之後，這種情形似乎也逐漸出現在綾瀨身上了。

確認了一下部落格的計數器後，發現每天大概有十個人左右會看這個網站。

「算是不幸中的大幸吧。」

看見這篇文章的人當然是越少越好囉。

更新的時間是凌晨十二點三十分。就在剛才而已。今天計數器上面顯示的數字是3——也就是說包含部落格主人和我在內，總共有三個人目擊到這篇文章。

不過……這種小規模網站上的這點內容，目前看來應該不會引起什麼問題才對。何況部落格主人也說要是反省的話就願意原諒綾瀨了。

應該不會為了這一點小事——就再也不當綾瀨的粉絲了吧。

對我來說，如果這個網站停止更新的話還真是有點寂寞呢。

「不過……」

這篇文章——有一段非常值得注意的文字。

其實我本來也想放上更誇張（如果說是和某個人的合照妳應該就知道了吧？）的照片，

和某個人的合照……別再做這種不謹慎的事情……

這是什麼意思？

「就是說有比買妹系公仔還要不謹慎的行為囉……」

……像……像援助交際……之類的嗎？

不會的不會的！不可能不可能！我這個笨蛋在胡思亂想些什麼！

一般女孩都很難做出這種事情了，那個綾瀨更是絕對不可能這麼做。雖然我已經在「不謹慎」、「合照」、「女國中生」這幾個字面上做了許多聯想了，但那個有潔癖症的綾瀨根本就無法和「不謹慎」這樣的名詞放在一起嘛。

不過……嗯……從這個部落格主人的文章上來看，又好像真的是跟男性有關哪。

如果是綾瀨交了男朋友而又被她目擊的話——那麼這個Lovely My angel小綾瀨的瘋狂信徒確實很有可能會失控而寫出這樣的文章來。

因為如果看見綾瀨和人接吻的畫面，我也一定會當場大聲嘶吼的啊。我一定會忍不住大叫：「臭男朋友去死吧——！」

但還是不會寫在部落格上啦。

不過大家可以放心。因為綾瀨她沒有男朋友。

因為綾瀨她啊，這個月一直——都到我家來，像個新婚妻子般殷勤地照顧我的生活起居唷？根本沒有和男朋友約會的時間——

「嗚啊啊啊啊啊啊啊啊啊！」

我這個大笨蛋！

那不就是我嗎！

怎麼到現在才發現呢！

「這……這個部落格的主人……！難道是看到綾瀨每天到我家來而有了奇怪的誤會嗎！」

每天都固定到一個男人家裡。有時候還會到超市去買料理的食材。

在旁人眼裡看起來，綾瀨完全就是一個初嘗戀愛滋味，每天跑來照顧男朋友的女孩子嘛。

這個部落格的主人——每天都跟蹤她，然後暗暗觀察著這一切嗎？

然後那一天……

——**哪裡有在賣……那種人偶？**

——「什麼～？」

綾瀨在御宅族商店裡購買公仔的一幕被她看見了。

所以才會寫出這樣的文章。

「天大的誤會啊——！」

這個部落格裡頭沒有寫著電子郵件信箱嗎！而且也沒有開放留言！

這樣怎麼解開誤會啊！

不過……就算有連絡方式，我也不知道該寫些什麼才好。

——嗨，妳所說的合照，說不定指的就是我唷？不過那完全是誤會啦～啊，我經常欣賞妳

所拍的綾瀨照片唷♡

能這樣寫嗎？當然不行吧……

當我雙手抱胸思考該怎麼辦才好時……

嗶嗶嗶嗶嗶！

「嗚喔！」

桌上的手機忽然響了起來，害我整個人嚇了一大跳。急忙接起電話後……

「喂高坂！你有看之前那個部落格嗎？」

「赤城！最後一個人原來是你喔！」

就算在這種時候，我還是忍不住要這麼吐槽！根本是一更新就跑去看了嘛！有這麼期待綾瀨的照片嗎？同志！

「你在說什麼？」

「沒有啦……你不用在意。倒是我也看了那個部落格了。」

「小綾瀨買了御宅族的公仔對吧。那到底是怎麼回事？」

「我也不太清楚耶。」

不過，我想一定與桐乃有關吧。

那個時候，如果我繼續追問下去的話……現在後悔也已經太遲了。

還有赤城啊，別直接叫「小綾瀨」好嗎，很噁心耶。這種稱呼還是放在心裡頭就好了。知道了嗎？

「還有那合照又是指什麼？難道今後有可能放上小綾瀨的情色照片嗎？」

「沒有那種可能性！你敢繼續用綾瀨做些不知羞恥的妄想看看，小心我把你切掉喔！」

像這種傢伙啊，等到交女朋友的時候，一定會光明正大地做些色色的要求。

「開玩笑的啦。」

真的是開玩笑嗎？

「赤城……我之前也跟你說過吧？派對的時候，桐乃拜託綾瀨來監視我的那件事。」

「啊～啊～啊……是這麼回事嗎？」

「就是這麼回事。」

「那我了解了。不過……怎麼辦才好呢。這樣下去不太妙吧。」

「是啊，的確不太妙。這樣下去的話，綾瀨將會減少一個粉絲，而這個超棒的治癒系網站也將不再更新了。」

「我不是說這個啦。」

「？」

「我是說小綾瀨會不會有危險。」

「啥？危險？」

「嗯，這個部落格的主人，每天都偷拍小綾瀨對吧？」

「你說什麼偷拍啊……」

「喂喂，你還沒注意到嗎。這個網站上的照片全都是偷拍來的吧。」

「你怎麼知道？」

我還以為是綾瀨的模特兒同伴在經營這個網站呢。

「你仔細看一下拍照的角度。小綾瀨每一張都沒有看鏡頭對吧？如果這是朋友拍的照片，那也太奇怪了吧。而且這個網站裡也沒有任何小綾瀨和部落格主人的合照不是嗎？」

「這倒是真的……」

只因為有拍攝現場的照片，我便一廂情願地認為部落格主人是綾瀨的模特兒同伴，現在才發現赤城說的一點都沒錯。而且……

「如果文章裡寫的合照指的是你，就可以知道那傢伙一定偷偷跟蹤小綾瀨到你家來啦。」

「喔……這就真的有點恐怖了。」

由於綾瀨好像也對桐乃做過同樣的事情，所以我一直沒有什麼危機感，不過從客觀的角度上來看，目前的情況確實是有點糟糕。

「也沒有和部落格主人連絡的方法，你覺得該怎麼辦才好？」

「嗯……這個嘛……要不要和御鏡商量看看？」

「御鏡？」

「嗯。他好像是有名的模特兒，應該對這種麻煩事相當清楚吧？如果那傢伙不知道的話，應該也有比較可靠的人可以詢問不是嗎？」

「說得也是——」

看到了嗎？我們兩個這種凡事靠別人的態度。

我本人雖然一點用都沒有，但是有很可靠的朋友，然後可靠的朋友那邊也有可靠的朋友。

「那我馬上打電話給御鏡看看吧。」

唉……怎麼到了這種時候還有模擬考之外的問題發生呢。

——和赤城講完電話時雖然已經超過凌晨一點，但我還是試著打電話給應該還沒就寢的御鏡。

對果然正在熬夜玩成人遊戲的御鏡說出剛才發現的事件後……

「我想應該不用那麼擔心——為了小心起見，我還是跟事務所連絡並且商量看看好了。」

雖然我擔心綾瀨買公仔的事情要是被事務所知道不曉得會不會有事，但御鏡卻表示「這不用擔心啦」。

「那間事務所的社長是很明理的人，真的不能諒解的話我也會請美咲小姐出面說情的。」

美咲小姐就是御鏡所屬公司的女社長。

看來和這傢伙商量還真是找對人了。

「那就麻煩你了。」

「別客氣。這件事就全部交給我吧。京介你只要好好用功就可以了。」

「抱歉……」

「都說沒關係了。我也曾經遇過跟蹤狂——如果我是新垣小姐的話，才不想買個公仔就被說成那樣呢。從京介剛才的描述聽起來，這個跟蹤狂似乎對新垣小姐每天到京介家這件事感到非常憤怒……而且也對她買了『小瑪』的公仔覺得很不愉快對吧。」

小瑪又是誰啊？是綾瀨買的那個公仔嗎？

「但是小瑪又不是十八禁的公仔。所以新垣小姐買下它根本不是什麼壞事。還說什麼幻滅了——但這根本不是什麼會讓人幻滅——或是需要深自反省的事情吧。」

嗚哇……第一次聽見御鏡生氣的聲音。

「呃，也不用這麼生氣嘛。」

女國中生通常都會有這樣的偏見吧。

「……嗯……抱歉……因為自己也有切身之痛……其實，我也曾因為跟蹤狂而有不太好的回憶。」

不愧是社會人士……說出來的話份量就是不一樣。

而我也只能回答「是這樣啊」，然後便把話題拉了回來。

「和事務所商量的話——你覺得他們會怎麼做？」

「我想應該會報警吧。我當時就是這個樣子。」

「要上警局嗎！」

這樣不會太誇張了？對方可能只是國中生而已耶？

「這是為了以防萬一啊。等到真的發生意外就來不及了。」

「這……這樣啊。」

啊……不過部落格主人就這樣被抓的話有點可憐耶。況且我還滿喜歡那個部落格……

當然我也知道御鏡說的一點都沒錯，所以我也不打算阻止他。

「跟新垣小姐說的話只會造成她的不安，所以我想這件事還是先瞞著她吧。」

「……我知道了。」

「運用些關係的話，警方應該也會有所動作才對……但是絕對不可能出現跟蹤狂馬上就被逮捕，然後就此皆大歡喜的狀況——」

「不可能嗎……」

「絕對不可能。就算有決定性證據，也得花上三個月以上的時間。因為我自己就有這樣的經驗。這個跟蹤狂所使用的部落格服務，總公司和伺服器都設在美國，而那些傢伙根本不願意協助日本的警方辦案。就算事務所發出正式的電子郵件也得不到任何回應。」

……好有真實感啊。

「看來你也很辛苦呢。」

「其實這沒什麼啦。不論是哪個業界，只要受矚目的話就難免會出現一兩個跟蹤狂。如果被知道住處，就可能會被放火、拿刀衝進來威脅或者是每天寄來貓的屍體。其實就算沒有洩漏住處也會有狂熱的跟蹤狂會調查並且跑過來，他們即使被警察抓住也完全不會動搖，隔天早上還是一樣精神百倍地衝到你家前面。嗯……其實經常有這種事啦，這就是出名必須付出的代價吧。總之呢——要抓住跟蹤狂最少也得花上三個月左右的時間，而他們也不會輕易放棄每天的跟蹤行為，所以我們還是要有一定程度的對應才行。」

這傢伙所說的真是太恐怖了。

難怪他會因為這點事情就表示得報警。

……雖然覺得這個部落格的主人不像御鏡所說的那麼危險，但聽完他的經驗之後，我也能夠理解他如此小心翼翼的心情。

「那有什麼我能夠幫忙的嗎？」

「沒有。你只要為了妹妹拚命用功就可以了。然後像平常一樣讓新垣小姐照顧你的生活起居。」

「但是對方說沒有反省的話就要公開合照，繼續讓綾瀨到我家的話不會很危險嗎？」

「就算聽從對方的威脅，也無法保證對方就不會公開照片唷。而且你有自信能在隱瞞事實的情況下說服新垣小姐別再到你家去嗎？」

「不可能。」

我一定會被迫說出真相的。

「那還是不理會已經造成的傷害，直接預防傷口繼續擴大比較重要。像是照片如果被公開時要怎麼安慰她，或者是如何保障她的人身安全等等。」

「ＯＫ，如果合照引起問題的話，我會盡力解開誤會的。」

「那就拜託了。當她外出的時候，我會盡量去接送她。而且是男扮女裝唷——」

「為什麼要男扮女裝………？」

「因為要是以男生的模樣接送她的話，說不定會讓跟蹤狂以外的人引起不必要的誤會啊。但也不可能讓女孩子負責如此危險的工作。這時就只有靠美貌的我扮成女生了——」

「這是我發自內心的稱讚，你這傢伙真是太猛了。」

從各種方面來說真的是模仿不來。過去桐乃曾經很自然地跟我說過「你男扮女裝啊？」這種話，想不到真的有傢伙會這麼做。

我曾經把御鏡先生比喻為「男生版的桐乃」，我現在收回這句話。

我妹妹哪有這麼變態。

隔天放學之後，一回到公寓，馬上就看見一個「非常可愛的女孩子」蹲在樓梯的地方。那是只要稍微偷瞄一下就能看見內褲的姿勢。女孩身上穿著跟綾瀨相同的學校制服——有著淺棕色的頭髮以及似曾相識的髮夾。

很意外的是，我對這個美少女竟然沒有任何心動的感覺。

是因為她的打扮跟我妹妹一樣嗎——？不對……應該不是這麼簡單的原因。

怎麼說呢，雖然外表相當漂亮，但總覺得有點不對勁。

不過這名美少女還是很引人注意。因為她不但擋住了通道，而且眼睛還沒有半點生氣。就像經常出現在綾瀨身上的「失去光彩的眼睛」一般——用成人遊戲用語來說就是「凌辱眼」。

難道說是被男朋友給甩了嗎……

「……那個……妳不要緊吧？」

明明可以不用理會，但我還是這麼對她搭話。美少女保持著不知羞恥的坐姿，用失去光彩的眼睛往上看著我。接著緩緩地說出……

「啊啊………你回來啦。」

「什麼？那個……我們曾經見過面嗎？」

美少女無力地指著自己的臉這麼說道：

「我是御鏡。」

我馬上踹了他一腳。

「好痛！你幹什麼啦！」

「內褲都露出來了！小心我幹掉你喔！」

「咦咦咦咦！這個理由太牽強了吧！」

「變態沒有人權可言！」

偷瞄蹲在地上的美少女裙底，然後突然發飆而飛踢女孩的男高中生。

這就是目前的我。附近的鄰居應該沒有人看見吧……

話說回來……這傢伙真的男扮女裝送綾瀨到這裡來嗎？太誇張了吧。

「雖然打扮成女生，但我們是朋友啊，你怎麼會認不出來呢……」

因為我沒有想到你連內褲都會換成女生的啊！

「既然你人在這裡——」

御鏡馬上用手指著二樓說：

「嗯，她已經來了。」

「這樣啊。對了御鏡，你為什麼會那麼沮喪呢？」

「打扮成這樣去接新垣小姐後，她馬上就認出是我——」

「新垣小姐♪一起回去吧♡」

「我報警了。」

噗————！

「——我差點就被當成跟蹤狂逮捕了。」

誰叫你要做這種事。不過我能夠了解你的心情，因為我半年前也受過這種待遇。

「為什麼會隨身攜帶防狼警報器呢……老實說，她就算被跟蹤狂襲擊應該也不要緊吧？」

可能很輕易就能擊敗對方了。

遭受重大打擊的御鏡拿下假髮然後嘆了口氣。

「呼……擺脫學校警衛後追上新垣小姐，然後偷偷跟在她後面——真是累死人了。這段期間她還不斷傳『變態』、『請別再找我講話了』以及『我告訴事務所這件事了』等簡訊，害我有種為什麼要為了這種女人如此努力的無力感。」

那不就跟平常的我一樣嗎？

「呵呵……看來我確實不是被虐狂。」

眼睛毫無生氣的御鏡這麼呢喃道。

「不論是桐乃小姐還是新垣小姐──好像都只有京介能搞定呢。」

「喂，你這樣講好像我才是被虐狂一樣。」

「唔，這種講法確實好像京介就是被虐狂耶。」

「我才不是哩！」

別隨便幫人貼標籤好嗎！

「總之呢，接下來我得偷偷地接送她啦。我想不久之後事務所應該也會派人來，這些事情就全交給我吧。」

「……這樣啊。那接下來也要拜託你囉。」

我們彼此苦笑一下，接著我便從御鏡身邊經過走上階梯──

然後在不回過頭來的情況下對他揮了揮手。

從那之後，綾瀨依然每天都到我家來──而我也每天都過著拚命用功看書的日子。

我想該部落格的主人──沙也佳一定非常生氣吧。但令人意外的是，即使看見「綾瀨完全沒有反省的模樣」，那個部落格上還是沒有刊登出我和綾瀨的合照。

應該說，從那一天之後就再沒有更新了。

可能是受不了而不再當綾瀨的粉絲了吧？雖然這樣多少覺得有點可惜，不過沒有任何問題發生倒也是個不錯的結局。

隨著模擬考的日子越來越接近，部落格與跟蹤狂的事情也逐漸被我淡忘了。

時間就這樣到了十一月一日。考試前兩天的放學之後。

我回到家時，綾瀨竟然很反常地沒有出來迎接我。

「？」

「我回來了……」我一邊小聲地這麼呢喃一邊脫下鞋子，然後進到房間裡。

通過短短的走廊後，馬上就有一幅異樣的情景映入我的眼簾。

我只說一次，所以希望大家要聽清楚。

身穿制服的綾瀨，正踩著哥德蘿莉服黑貓的肚子。

「呵……呵呵呵……呵呵呵呵……痛苦嗎？黑貓小姐……（哈啊哈啊）」

「咕……怎麼可能……妳想要……支配我的靈魂嗎……（哈啊哈啊）」

妳們兩個笨蛋……到底在做什麼啊？

……ＳＭ遊戲嗎？

「喂……喂──」

「──！」

黑貓＆綾瀨畏畏縮縮地轉往我的方向。

她們兩個人都冒著冷汗，臉上的肌肉也不停地抽搐。

「大……大哥？這……這是！」

「──不是你想的那樣！」

慌了慌了，兩個人都慌了。

「喔……喔喔喔……嗯……！」

其實我也慌了。怎……怎麼辦？要問她們嗎？

「咦……呃……那個……妳們兩個什麼時候變得這麼熟啦？」

「那……那是……那是因為……」

綾瀨一邊用穿著襪子的腳在黑貓肚子上轉動，一邊考慮著究竟該怎麼解釋才好。

黑貓則是抓住綾瀨的玉足，一邊吐出淫靡的氣息，一邊亂踢穿著黑色絲襪的雙腳。

「等等……讓……讓我來說明吧。」

「…………」

光是靠說明，就能夠讓我接受眼前的狀況嗎？

原本被綾瀨踩在腳下的黑貓撐起身體，直接正坐在我面前。

臉頰依然泛紅的她，乾咳了幾聲後便開始這麼說道：

「這……這個……應該從何說起呢……」

黑貓表示——

上個月上旬，日向氣喘吁吁地跑到桐乃和黑貓身邊做出了這樣的報告。

「瑠璃姊！桐乃姊！高——坂大哥她把女人帶進房裡了！有個黑髮而且超漂亮的人竟然在他家淋浴耶！」

那個早熟的臭小鬼——！果然給我加油添醋亂說一通！

當然桐乃和黑貓早就知道綾瀨每天到我家來的事情，而且也看出日向那種唯恐天下不亂的表情，所以並沒有被她煽動成功。

「……日向，報上正確的情報來。否則天亮的時候，妳的所有便服都會成為屬於我闇之眷屬的東西唷。」

「那我就沒辦法去上學了！」

被威脅的日向只好再次一五一十地說出在我家的所見所聞。然後她們三人便舉行了會議

——最後的結果是……

「盡量在不會影響到我看書的時間點前來觀察情況。」

她們似乎做出這樣的結論。為什麼要這樣。結果她們還是在懷疑我嗎？

但桐乃她呢……

「不過我不去，就派妳去看一下吧。在考試前幾天過去，順便鼓勵他一下。我想那傢伙應該會很高興才對。」

好像說出這樣的話來了。

還是一樣搞不懂她究竟是不是在幫我這個哥哥加油。

明明只要直接到這裡來跟我說聲「考試加油囉」，那我就會覺得她是個可愛的妹妹，同時也會更加堅定我全力以赴的決心啊。

——就這樣，黑貓為了鼓勵我而來到這裡。

但她來時綾瀨已經在房間裡——

「——歡迎回來，大哥——呃！」

她們兩個人便碰面了。

到這裡為止都還是在能想像出來的範圍內。

「那之後到底是發生了什麼事，才會演變成踩踩樂的變態百合遊戲呢！」

「別用那種不知廉恥的說法好嗎？那個……沒錯，是一種『儀式』唷。是為了讓她轉生為闇之眷屬的神聖且邪惡的暗黑儀式……」

到底是神聖還是邪惡說清楚好嗎？

黑貓所說的話雖然跟平常沒有兩樣，但內容實在是自我完結地太厲害了，讓我根本聽不懂是什麼意思。

「也就是和好的儀式囉？」

「也可以這麼說啦。」

看來這種說法對了八成左右。

但是為什麼腳踩肚子與和好有關至今依然是不明狀態。

「因為上次就已經大吵過了。」

綾瀨這麼表示。這時她已經坐在黑貓身邊。兩個人之間已經看不出前陣子鬥嘴時那種劍拔弩張的態度。

靠剛才的百合踩踩樂遊戲——兩個人的感情似乎稍微變好了一點。

如果真是這樣就好了。

「你……你別誤會了，大哥。」

綾瀨急忙揮著手這麼說道：

「那個……我和黑貓小姐，是因為難得有兩個人相處的機會，所以才會在這裡敞開心胸說些真心話。」

「真心話？」

「嗯。就是關於桐乃……還有……大哥的事情。」

她似乎不打算提到具體的內容究竟是什麼。

「當我們說完彼此內心的話之後……黑貓小姐忽然主動要求我踩她——」

「真的假的？」

對黑貓這麼問完後，她便點了點頭並且說：

「我在和她的對話裡注意到一件事。那就是新垣綾瀨這個存在裡，有著『闇天使』這種壓倒性的黑暗正在蠢動著。」

「這我也有感覺。」

「大……大哥！小心我把你殺掉唷！」

黑貓指的就是這個吧？

「為了歡迎她成為我的同胞，就必須得承受『闇天使』的殺戮衝動並且讓它昇華才行。」

藉由我個人的黑貓語翻譯機能，聽起來應該是——「我是個被虐狂唷」的意思。

確實只要像剛才那樣讓虐待慾的化身綾瀨發現黑貓身上超級受虐奴隸的特性之後，她們兩個人就可能會成為最好的朋友也說不定。

「——原來如此。」

「……呵……看來你已經了解了。」

這時黑貓露出了滿足的微笑。

「總覺得好像讓大哥有了很嚴重的誤會……」

而綾瀨則還是有點無法接受的模樣。

「那妳們最後和好了嗎？」

「這該怎麼說呢。應該說——稍微變好一點了吧？」

「是啊。」

兩個人面面相覷並這麼回答。嗯，看來已經好很多了。

「……至少不會再像之前那樣互相怒吼。因為現在的我們已經深入交換過彼此的原則與主張了。」

「……別……別用那種奇怪的說法好嗎？」

瑠璃學姊，妳的表情和口氣都很煽情耶。

「不過在能否同意對方的主張這一點上……目前仍處於對立狀態就是了……」

「那是當然了。而且完全沒有妥協的餘地。」

「這樣喔。」

黑貓和綾瀨——桐乃「這一邊」與「那一邊」的朋友。

她們首次相遇時我還真不知道這兩個人會有什麼樣的發展。

不過能像這樣發展出良好的關係，我也感到很高興。

「新垣綾瀨——讓我收回以前的失言吧。我再也不會對妳說出『和妳無關』這種話來了。今後我將對妳有這樣的認識——妳是阻擋在我命運前面的強大敵人，同時也是朝著同一個目標邁進的夥伴。」

「真是的……我怎麼完全聽不懂妳說的話啊。」

綾瀨雖然這麼說，但嘴角卻露出很高興般的笑容。

接下來我又繼續著每天只有用功的日子。因為我再也不想讓妹妹對我說出那樣的話來。所以——我也只能拚盡全力死命地看書了。

要給那個傢伙一點顏色瞧瞧的想法。必須報答眾人恩惠的決心。

還有當時為了面子而說出一切包在我身上的那個誓言。

這些都是讓我不停邁步向前的動力。

已經很久沒有這種每一天都是為了高坂京介……也就是我自己在努力的感覺了。

就這樣……

考試當天的早晨終於來臨了。

「准考證ＯＫ。考試用品ＯＫ。錢包ＯＫ……然後早餐吃了衣服也換好了……」

鏡子前面的我開始在注意事項表上面打勾。

「ＯＫ，都準備好了。」

看了一下手錶，發現目前距離考試還有一大段時間。

於是我便看了一下手機，結果發現妹妹寄來一封短短的簡訊……

上面寫著——

「加油！」

「嘿……」

那傢伙是有心電感應嗎，我現在最想看見的就是……

「好啦好啦，我會加油～」

當我準備把手機折疊起來時，忽然發現其實還有另外一封簡訊。

——是御鏡傳過來的。

「哎呀，這是昨天就傳來的簡訊。」

嗚哇，太專心看書了，完全沒注意到有這麼一回事。如果有什麼急事的話就太不好意思了。

簡訊的標題是「不必擔心」。

「——由於事態越來越嚴重，所以和事務所商量後決定把現狀告知新垣小姐。不過目前還沒有什麼問題，請不用擔心——考試好好加油唷！」

「——咦？」

事態越來越嚴重……是說那個跟蹤狂的事情嗎？

「還要我不用擔心……」

但這還是很令人在意啊。我馬上移動到桌子前面打開瀏覽器。

從我的最愛裡選擇了那個部落格之後……

「！」

【給背叛者的最後通牒】

上面竟然公開了一篇寫著這種危險標題的文章。

我看了一下發表的時間，發現是昨天晚上才剛更新的文章。

虧我還給了妳最後的機會
但很可惜的，妳並沒有聽從我的忠告。
近期……我將會對背叛者加以制裁。

「等等——這是！」

寫這種文章也太恐怖了吧？這會嚇死人吧？

「喂喂喂——怎麼會在這時候發生這種事情！」

真的假的。這可不是開玩笑的啊……

「綾瀨那傢伙……沒問題吧……」

希望她聽見如此驚悚的事情後，不要過於不安才好……

正當我準備叫出綾瀨的電話號碼時——手忽然又停了下來。

不對，等一下……如果我現在打電話……那傢伙應該會覺得給我添麻煩而有罪惡感吧？如果因為擔心而撥打的電話，反而給她造成心理壓力的話……

而且打電話過去又要說些什麼才好呢？像是——「把事情交給事務所處理就沒問題了」這種無關痛癢的話嗎？然後讓綾瀨回答我「在這麼重要的時刻還讓大哥替我擔心，實在是很不好意思」？這樣不行吧……原本打算關心對方，但這樣只會造成對方的負擔。

「呼。」

我把手機折疊起來並收進書包裡。

還是把重點放在今天吧。首先結束今天的考試——然後拿到好成績，接著再謝謝綾瀨這些日子以來對我的照顧。如果可以的話當然是要當面道謝。另外帶桐乃一起去應該也是個不錯的選擇。

嗯，沒錯。我現在該做的事情——就是要保持最好的狀態來面對這次的考試。

「好，出發吧。」

我從椅子上站起身來，往玄關走去。

外面的天空一片晴朗。從二樓遠眺的視野算是相當不錯。除了車站以外附近就沒有什麼比較高的建築物，整齊的街道在我眼前展開。目前樹木上的葉子都已經落盡。每當吸入乾燥的冷空氣時，我的鼻腔便會感到一陣疼痛。

「好冷……」

我馬上重新圍好去年麻奈實送給我的圍巾。

接著一邊吐著白色氣息一邊往旁邊的樓梯走去。這時我聽見一道相當熟悉的聲音傳了過來。

「——大哥！」

忽然出現在我眼前的，是身穿便服的綾瀨。

「早安！」

呼吸有些急促的她，對我露出耀眼的笑容。

「妳怎麼——」

我立刻感到不知所措。綾瀨這傢伙跑到這裡來，也就是說——她還不知道自己被跟蹤狂盯上的事情嗎……喂喂，這樣不行吧……？

「呼……太好了，還來得及……呵呵，好險趕上了。」

——近期……我將會對背叛者加以制裁。

我馬上左顧右盼地看著四周圍。甚至連綾瀨走上來的樓梯下方都檢查過了。目前看起來似乎沒有什麼異常……我一邊注意別讓自己的動搖顯露在臉上，一邊開口說：

「妳還特地趕過來啊。」

「是的。都已經和大哥一起努力到現在了——所以這最後的一刻也請讓我為你加油吧。」

「謝謝，我很高興。考試我會加油的。」

「考不好的話我也會很困擾唷。對了——這個……」

綾瀨拿出來的，是祈求考試合格的護身符。

「是去湯島天神求來的。」

「……這要給我嗎？」

「嗯。還有一個麻煩你交給姊姊。」

「喔，謝啦。這樣我就更有信心了。」

「……請不要會錯意囉？這是那個……我和其他人一起去求的……所以……沒有別的意思。」

「嗯……嗯。」

幹嘛這麼拚命解釋啊。就這麼不想被誤會嗎？

「順便問一下，妳說的其他人是指？」

「……桐乃、我、加奈子，黑貓小姐以及沙織小姐。」

綾瀨以有些複雜的表情這麼說道。這樣啊，這些人——已經可以一起行動了嗎？

「大家一起去——祈求你們兩位能夠合格。順便也幫加奈子求了護身符。」

「…………」

對哦，綾瀨已經靠推薦甄試上了想念的學校了。

但我還是很感謝大家的這份心意。

就算沒有神明，這個護身符也一定會幫我帶來好運。

「對了……說起來今天的模擬考呢，其實也不過是個中繼點而已。」

我說完便用力握緊手裡的護身符。

「要是在這裡失敗了，不知道會被妳們幾個批評得多難聽呢。」

「沒錯。那時候就請大哥要有所覺悟了。我們大家會罵到你無法重新振作起來的。」

綾瀨笑著這麼表示。

「誰怕誰啊。」

我也回報了她一個天不怕地不怕的笑容。

這下子……今天的考試是越來越重要了。

照這樣子看來——綾瀨應該還不知道跟蹤狂的事情才對。

應該在這裡跟她說明嗎？

我想這樣子比較好吧。總不能讓她在不知道有危險的情況下還在路上亂走。

幸好現在時間還相當充裕。

於是我便用相當嚴肅的表情這麼說道：

「綾瀨，雖然有點突然，但我有很重要的事情要跟妳說。」

「咦……重……重要的事情嗎……？」

嚇了一跳的綾瀨眼睛瞪得老大。

「那……那個……你突然這麼說…………但我……還沒做好心理準備……」

她不知道為什麼紅著臉低下頭去了。

「…………………」

雖然不是很清楚，但為了讓她做好心理準備，我還是等了大約一分鐘左右。

最後綾瀨終於抬起頭來。

「請……請說吧。」

不知道我要說什麼的她表情看起來相當僵硬。唉……一想到接下來要說的事可能會讓她相當害怕，就覺得心情相當沉重啊。我用力呼出一口氣之後表示：

「綾瀨……妳仔細聽我說。」

「——好的。」

「妳現在可能被跟蹤狂給盯上了。」

「咦？」

唉唷？綾瀨這傢伙比我想像中還要來得驚訝耶。

「咦？咦？啊……難道是『我一直在跟蹤妳唷』這樣的變態告白嗎？」

「才不是哩！」

這種超乎常人的解釋是怎麼回事啊！

妳這傢伙一定是以我是變態的前提下聽我說話的吧！

「我說的不是我！是有個女性的跟蹤狂盯上你了！那個跟蹤狂是妳狂熱的粉絲，甚至還製作了妳的非官方粉絲網站——但妳上個月不是每天都到我家來嗎？然後對方好像因此而有了奇怪的誤會。」

在我賣力的說明之下，她總算開始了解整個事態了。

「……真的有除了大哥以外的跟蹤狂盯著我嗎？」

「沒錯！」

這傢伙是多想被我跟蹤啊？

「還有——妳上個月買了公仔對吧？就是在車站前那家店裡。」

「！為……為什麼大哥知道這件事！」

「……跟蹤狂的部落格上貼著妳買公仔時的照片啊。」

我用了手機的上網機能讓綾瀨看了那個網頁。

「……！」

綾瀨的臉霎時變得鐵青。

被人看見糟糕的一幕了——竟然跟到那裡去了嗎——

此刻她的心裡一定盤踞著這樣的想法吧。

「這個傢伙好像從那時候就開始生氣了——」

我接著便把至今為止的種種事情跟綾瀨說明清楚。

「——然後今天早上還看到『制裁』這種可怕的字眼……」

「已經快考試了……我還讓大哥替我擔心……」

綾瀨說完便沮喪地垂下肩膀。

唉……就是不想看見這種表情，才一直沒有跟妳說出真相的啊。

「……別在意啦。這不是妳的錯吧？」

當我準備把手放到她頭上時。

啪嚓啪嚓啪嚓！忽然有一陣眩目的閃光燈隨著按下快門的聲音出現了。

「什——」

一回過頭，馬上就看見有個人從隔壁住戶房間外的洗衣機後頭站了起來——

難道這個人一直都躲在那裡嗎？

那似乎是個看起來相當高大的女人。她身穿黑色大衣並戴著墨鏡，頭上戴著一頂報童帽。看起來很明顯就是經過變裝——所以無法分辨她的年齡。此外脖子上還掛著一台單眼相機。這種詭異的打扮，讓她散發出一股異樣的壓迫感。

「咿……」

綾瀨嚇得縮起身子。我為了要保護她而把一隻手臂往旁邊伸去，然後狠狠瞪著對方。

「……妳是幹嘛的？」

「……開！」

「啥？」

「快離開綾瀨身邊！」

這……這傢伙是怎麼了……？忽然就大喊些讓人摸不著頭腦的話……

雖然面對女性還有這樣的反應實在有點丟臉，不過我確實是有點腳軟了。不是啦，你們聽我說嘛，因為這傢伙真的很高大，而且又很詭異……尤其是渾身散發出完全無法溝通的氣息。

很巧的是，這讓我感覺到一種與發飆的綾瀨對峙時的恐怖。

「妳就是……綾瀨的跟蹤狂嗎……？」

「你才是跟蹤狂吧！」

女人以劍拔弩張的態度反駁我。我感到每當這傢伙說話時，背後的綾瀨就會開始發抖。可惡……我得振作一點才行……！

我吞下一大口口水後……

「妳說我才是跟蹤狂？妳憑什麼這麼說？」

「別裝傻了！我剛才已經拍到證據了——！」

剛才的那個嗎？等一下等一下，這太誇張了吧。

「我只是……準備把手放到綾瀨頭上而已唷？這算什麼證據？」

「就是你是綾瀨的跟蹤狂，想強迫她聽你指示的證據！」

糟糕。這傢伙真的無法溝通……雖然桐乃和綾瀨也有這種傾向，但這傢伙比她們還要嚴重多了。感覺好像聽不懂人話一樣……

我在無意識當中往後退了一步。

「……！大哥，請你讓開……」

這時綾瀨提起勇氣這麼表示並且來到我前面。

「她就是剛才說的跟蹤狂……」

「嗯嗯，好像是。」

我一這麼肯定，綾瀨馬上狠狠瞪著對方。

「妳……究竟是誰？」

「我是綾瀨妳的粉絲啊！從很久以前就很喜歡妳了！」

「很久以前？……我曾經見過妳嗎？」

「每天都見面啊！綾瀨的事情我全都知道呢！」

「——」

對方傳達出的熱烈仰慕感，反而讓綾瀨用手臂抱住身體並且感到一陣恐懼。

聽見打扮如此詭異的女人說出這種話，確實不是什麼愉快的事情。

因為這聽起來就像是在說「我每天都在跟蹤妳唷」。

女跟蹤狂用力搖了搖頭，然後用手指著我說：

「綾瀨妳被這個跟蹤狂給騙了！」

「——別再說謊了。我……我要報警囉！」

想不到這句綾瀨慣用的台詞，會在如此真實的情境下派上用場。

由於她也好幾次這麼對我說過，所以我知道那聽起來相當傷人。

但是這對女跟蹤狂還是發揮不了任何做用。

「報警？好啊——趕快叫警察來。這樣就能知道誰對誰錯了。」

「……………」

這傢伙……好像也不是豁出去了。

她似乎是真的有這種想法。在這種狀況下只要叫警察來的話，我這個綾瀨的跟蹤狂就會被逮捕，也就能證明她所說的話一點都沒錯了——

這太恐怖了吧。明明同樣是日本人，雖然高大但也還是個女性……

想不到無法溝通竟然會讓人感到如此不安。

由於她一開始就深信自己絕對不會錯，所以無論我們說什麼她都聽不進去。還會把我們的話擅自加上對自己有利的解釋回過頭來攻擊我們。

「怎麼了？快點報警啊？」

「嗚——」

如果是平常的綾瀨，一定會像對付我或者是御鏡那樣讓防狼警報器大聲作響。但我大概知道她這時候為什麼沒有這麼做。那是因為她不想按下開關。從生理層面上來講，就是感到害怕的她直覺地不想刺激到眼前的對象，如果從心理層面上來講的話……

就是她正承受著按下開關之後——對方不知道會做出什麼事情來的恐懼感。

所以她無法按下開關。如果一遇到對方她便襲擊過來的話，那麼綾瀨應該會毫不猶豫地按下開關吧，但在交談過以及直視對方散發出來的詭異感覺後，綾瀨便無法毅然展開行動了。

「我……我真的要報警了——」

但綾瀨最後還是鼓起勇氣，準備拿起手機撥打電話……與其讓防狼警報器發出巨大聲響，報警對她來說應該是比較容易實行的動作吧。

這個時候戴著墨鏡且看不出任何表情的女人突然衝了過來。

「嗚啊啊啊啊啊啊啊啊！」

她像小孩子般一邊發出意義不明的叫聲，一邊朝我們這裡猛衝。

「咿——」

這突然發生的狀況讓綾瀨整個人僵硬而動彈不得。我只好趕緊站到她身前……

「危險啊，綾瀨！」

承受了對方身體的撞擊。

「咕……」

雖然衝擊力沒有想像中來得強烈，但腳卻被對方用力踩了下去——

「好痛啊！」

痛得我幾乎快哭出來了。雖然以前也曾經被桐乃用有著厚厚鞋底的靴子踩過，但目前的疼痛感可以說有過之而無不及。這傢伙是穿鐵木屐嗎！

「妳幹嘛忽然亂撞啊！」

「吵死了——！說起來全是你不好！」

她胡亂揮著手臂並繼續這麼大叫著。

「妳這人，喂，快住手……！」

雖說是女性，但被全力揮動的拳頭打中也不是開玩笑的。雖然我已經伸出手來抵抗，但她卻完全沒有停止攻擊的跡象。

「別碰我，噁心死了！你這個！你這個！臭傢伙——！」

「妳……妳別再鬧了——」

可能是不想再見到我單方面遭受攻擊了吧，這時候綾瀨也挺身而出。

結果我們三個人就在二樓走廊的樓梯旁邊拉扯了起來。

「因為都是這個傢伙害得綾瀨——」

「都說那是誤會了！而且妳憑什麼說要制裁——」

「等一下等一下，妳們兩個冷靜——」

「吵死了，臭傢伙！把真正的綾瀨還給我——！」

胡亂揮動的拳頭給了我強烈的一擊。

「咦——」

我搞不清楚到底發生了什麼事情。

只覺得有強烈的飄浮感——

喀喀喀喀喀喀喀喀喀！

我就這樣一口氣從樓梯上摔了下去。

「呀啊啊！」

在一陣尖銳的耳鳴聲當中，我似乎聽見了女人的悲鳴。

但我只感覺到眼前一片天旋地轉，接著就是一聲鈍重的聲音響起。

眼前一黑——接著我感覺大約度過了十秒鐘左右無痛無聲的時間。

「嗚……！」

然後我便首次感覺到疼痛。雖然覺得頭暈目眩，但還能活動。雖然右手與背部也相當疼，但應該沒有大礙。

「大哥！」

綾瀨急忙跑了過來。

「你沒事吧？」

「啊……嗯嗯……我沒事。」

雖然已經快哭了出來，但我還是故作鎮定地回答道。

「……真的嗎？」

「真的。完全沒有受傷。」

話剛說完，綾瀨便像是放下心來般鬆了一口氣。她接下來便狠狠瞪著樓梯上方說：

「——這就是妳所謂的制裁嗎？」

「不是……我……我……我……」

把我推下來的跟蹤狂——沙也佳的聲音聽起來非常僵硬。

她似乎想要表達——自己從沒想要做出這麼過分的事情。

……明明在部落格上寫了要施加制裁的。但是她似乎沒有讓人受傷的膽量。看來應該是一時氣憤才會那麼寫。原來如此……雖然才剛見面，但我大概能了解她的心情。

「……！」

沙也佳轉身往前跑去。

「等……」

綾瀨表現出相當劇烈的反應。

「等一下！別跑！」

她以很快的速度衝上階梯。

「喂！等等啊！」

但她完全不聽我的勸告。鏗鏗鏗鏗鏗鏗！爬上鐵梯的聲音響徹在空氣當中。我急忙強行移動發疼的身體從後面追了上去。

晚綾瀨幾秒鐘來到二樓後，馬上就發現綾瀨已經抓住沙也佳並且壓制住她了。

不愧是綾瀨……只要不怕對方就能馬上手到擒來。

「妳這……！」

「咿……抱……抱歉……」

「哇啊啊！我不是叫妳們住手了嗎！」

我衝過去阻止她們。接著硬是把兩個人拉開——大聲這麼叫道：

「妳們兩個冷靜一下！」

「為什麼呢！她讓大哥從樓梯上摔下去了啊！先不說這些——大哥你還是快點到考場去吧！」

「在這種狀況下，我怎麼可能丟下妳先離開！」

「請不要理我快點過去吧！像這種女孩子，只要報警——然後把她逮捕起來就好了！」

「不行！」

妳為什麼老是馬上就說要報警。

「至少聽她把事情說清楚嘛。」

「什……什麼？」「咦……？」

不只是綾瀨，連沙也佳也因為我說的話而大吃一驚。綾瀨瞪大眼睛僵硬了幾秒鐘後才說：

「你……你是笨蛋嗎！這……這個——無藥可救的爛好人！但今天——今天絕對不是這麼做的時候！考試和我究竟哪一個重要啊！」

「嗯，那當然是妳啦。」

雖然她可能是要我回答相反的答案才會這麼說，但這根本是對劈腿男友所說的台詞嘛。

這時綾瀨可能也注意到這件事了吧，只見她紅著臉說不出半句話來。

「什……什——」

「考試的話下個月還有一場。跟朋友比起來根本算不了什麼。」
「怎……怎麼可以這樣！還……還有，剛才是我的失言！」
「這我知道啦。」
妳是想說——跟聽這個傢伙這麼做的理由比起來，模擬考要重要多了對吧。這我當然知道。這場考試不論是對我還是對綾瀨來說，都不是用「下個月還有一場」就能輕易打發的。現在我的身上背負著許多恩惠與責任。這我比任何人都要清楚。
「——我也不是說不去考試。現在還有足夠的時間。應該還能聽一下這傢伙做出這種事情的理由。」
「我……我都說沒有這種必要了……」
我了解綾瀨的意思是現在不應該為了這些事情分心。
但我實在辦不到。我這個人就是特別容易為了這種事情而分心啊。
「我覺得我們都有誤會彼此的地方。」
——像是把真正的綾瀨還給我……之類的。
我好像曾經聽過類似的話呢。
「這個女孩是跟蹤狂耶……」
我也知道這時候應該打個電話給事務所比較妥當——其實如果又出現剛才那種完全無法溝

通的狀況，我就會打電話了。

但是……我現在實在不想這麼做。

就算最後還是要報警，讓她對自己所做的事負起責任，但在那之前我還是想跟她談一談。

「我呢——從上個月中旬，妳更新了名為『小綾瀨，妳怎麼了？』的文章之後，就一直很想解開這個誤會啊。」

「……你也看了嗎？」

沙也佳這麼呢喃道。

「啊啊，看了。然後——我便想起以前，應該說是一年前左右——也發生過類似的事。」

「——！」

綾瀨出現了強烈的反應。她似乎已經知道我在說什麼了。沒錯，就是妳和桐乃吵架時的事情啊。

「那個時候有兩個原本是好朋友的女孩子……彼此間產生了摩擦與誤會，然後引起了非常嚴重的爭吵。最後兩個人經過促膝長談，各自說出了真心話之後——情況總算是改善了。她們解開了誤會並且和好，現在兩個人依然是好朋友。」

「那個時候的狀況和現在完全不同！」

綾瀨發出相當嚴厲的聲音。她應該是想說——別把我與好友和好的回憶跟這種不知打哪來

的女跟蹤狂吵架混為一談。

「這我也知道。現在和那時候不同。但是……」

我在這一年裡學到了一些事情。

「只要說出彼此的真心話，情況說不定就會有所改善唷。」

沒錯。凡事不去試試看就不會知道結果。

就連跟感情如此惡劣的妹妹——都變得能夠笑著接納彼此了。

「所以這次也來試試看吧。」

說到這裡，我便故意露出牙齒笑了一下。結果綾瀨只是「唉」一聲嘆了口氣。

「……我知道了。大哥真的——真的是個病入膏肓的爛好人。」

其實我以前不是這樣的人唷。

高坂京介是個喜愛安定平穩的日常生活，而且還非常我行我素的傢伙。

真是的……我最近到底是哪根筋不對——

現在就連這樣的自嘲都不曾出現了。

就這樣，我、綾瀨以及跟蹤綾瀨的少女現在正在我家裡面對面坐著。這時綾瀨以嚴厲的眼神瞪著對方，而正坐的沙也佳則一直低著頭。

六張榻榻米大小的空間裡，充滿了異常尷尬的氣氛。
她們兩個人一句話都沒有說。
「大哥，時間……！」
「還不用擔心啦。」
我把茶放在移到旁邊的折疊式桌子上，然後在兩人中間坐了下來。這根本就是進行格鬥技時裁判所在的位子嘛。我先乾咳了一聲後……
「那麼……」
才這麼開口說道。接著便特別注意盡量讓自己的聲音聽起來和氣一些。
「先從自我介紹開始吧。我是——」
「高坂京介先生對吧。」
沙也佳在我報上姓名前便搶先這麼說道。
「哦，妳怎麼知道。」
「我調查過了……」
說完又生氣地低下頭去。這時從她報童帽裡垂下兩根類似觸鬚的瀏海。應該誇她真不愧是跟蹤狂嗎？不過老實說我並不感到特別驚訝。因為綾瀨也在不知不覺間就有我家的鑰匙了。我舉起一隻手制止準備插話的綾瀨，接下去說：

「那妳究竟知道多少關於我的事情呢？」

「只知道……姓名、學校和年齡而已。」

「嗯，那人際關係呢？」

「知道你是桐乃的哥哥。」

原來如此……既然是綾瀨的粉絲，當然也會知道桐乃的事情才對。

但是——她講話的口氣很像小孩子耶。嗯～這個年代的女孩子，還真是很難看出年齡呢～像是綾瀨和桐乃的外表，就算說她們是高中生應該也不會有任何人懷疑吧。

沙也佳用厭惡的聲音說了句「還有……」後，隨即轉過頭去繼續這麼表示：

「……你是綾瀨的男朋友對吧。」

「才……才不……！」

綾瀨迅速站起身並準備加以否認。

「等等。先讓我說嘛。」

我再度舉起一隻手制止了綾瀨。

「嗯～妳果然有了這樣的誤會。那麼就讓我們先解開這個誤會吧。不過在那之前，我可以先問一下妳的姓名嗎？」

雖然已經知道網路上的暱稱是「沙也佳」了。

於是女孩便低聲說了一句：「筧沙也佳。」

「所以跟暱稱一樣嗎？」

我這麼反問之後，她便點了點頭。

「十二歲，小六……」

「還是小學生喔！」

「……不行嗎？」

「不是啦……只是覺得以小學生來說妳算是很高的了……」

「我才155公分而已。」

「啥？」

我一皺起眉頭，沙也佳當場就站了起來。

——咦？怎麼變矮了？剛才明明很高大啊……

「因為我穿了靴子。」

沙也佳再度這麼低聲說道。

於是我便回頭瞄了一下玄關。啊啊……這靴子的鞋底也未免太厚了吧。難怪被踩下去會這麼痛。

「是因為穿了那個……所以看起來才會那麼高大啊。」

「還有帽子也是……」

沙也佳緩緩地把報童帽與墨鏡拿了下來。

原來如此……塞了東西的帽子啊。此外再加上詭異的服裝與被跟蹤狂襲擊的情境，就讓我有了她不但異常高大而且相當恐怖的錯覺。

那個相當嚇人的女跟蹤狂——竟然是個矮小童顏的小學生。

在得知她的手法後，不禁有了種恍然大悟的感覺。

「幹嘛遮遮掩掩的，明明長得很可愛啊。」

「嗚嗚！」

原本是想緩和現場氣氛所說出來的話，似乎反而讓她更加生氣了，只見沙也佳重新把拿出內容物的報童帽戴了上去，並且用力往下壓來遮住臉部。

唉……這時我也只能調整一下心情並且再度問道：

「妳是怎麼認識綾瀨的？」

「……………」

但沙也佳只是保持著沉默，一直不肯回答我的問題。我瞄了綾瀨一眼之後，她馬上便回答「我不認識這個女孩」。從她的表情看來，似乎到現在還在生氣，雖然這也是理所當然的事啦。但是沙也佳卻像是對綾瀨的反應感到難以置信。

「咦……」

受到衝擊的她整個人僵住了。

「那個……我……和妳念同一所學校……」

沙也佳用快哭出來的聲音如此訴求著。不忍心見她這樣的我只能趕快補上一句：

「是綾瀨念小學時的學妹嗎──？」

沙也佳立刻點了點頭。另一方面綾瀨則是默默地搖著頭。

唔……綾瀨小學時的學妹──但兩個人卻不認識，只有沙也佳單方面知道綾瀨的事情並且非常仰慕她──事情似乎是這個樣子。

「還是問一下好了──應該不是綾瀨的模特兒夥伴吧？」

眼眶含淚的沙也佳搖了搖頭。從這種沮喪的模樣來看……她一定是認為綾瀨絕對會記住自己才對。

其實這也是常見的誤會之一。我自己也曾遇過這種事情。像是和很久沒碰面的小學朋友擦肩而過──結果鼓起勇氣和對方搭話之後，才發現人家根本完全不記得我了。自己認為對方是好朋友，但對方卻沒有這種想法，這的確是經常會發生的事。當然我可不是什麼自我意識過剩的傢伙唷──我覺得啦。

「不是模特兒的話，怎麼能拍到拍攝現場的照片呢？」

「……調查一下就能知道她的攝影行程……然後只要用望遠鏡頭就可以了……」

是躲起來拍的嗎？對攝影不甚了解的我是不太清楚啦，想不到距離很遠也能夠拍到那麼清晰的照片。或許這時應該要譴責她偷拍的行為才對——但我卻因為這一點而對沙也佳感到相當佩服。

「妳這小學生真是厲害。」

雖然這麼說可能有點不厚道——不過呢，沙也佳她感到沮喪之後，整個人也變得穩定多了。跟剛才抓狂的時候相比，這時的確比較容易溝通。

她發飆的時候根本什麼話都聽不進去嘛。

關於她的事情應該問到這裡就可以了吧。是時候進入主題了。

「那麼，首先要解開最大的誤會，也就是我和綾瀨並沒有在交往唷！」

對吧，綾瀨？向綾瀨徵求同意之後，她也對著我點了點頭。

「但是有嘿咻吧？」

「噗！」

這……這小鬼在說什麼啊！

「什……什麼嘿咻……」

「果然有嘛……」

「才沒有哩！」「我們沒做那種事！」

我&綾瀨同時大叫著否定。

「因為她每天都到你這裡來啊——不然還能做些什麼？」

「她只是因為某種原因而來這裡幫我煮飯和做家事而已！」

怎麼搞的？這個年代的小鬼馬上就會有這種想法嗎？

真是的，最近的年輕人到底有沒有倫理觀念啊。

「那個……妳知道桐乃對吧。綾瀨之所以每天到我家來是因為——」

把一些比較難說明的地方矇混過去並把整件事傳達給沙也佳知道後，她似乎也能夠理解究竟是怎麼回事了。

「真的沒有在交往嗎……」

「嗯。」

「但這樣的話……」

她瞄了綾瀨一眼並且噘起嘴唇說：

「在來這裡的路上那種雀躍不已的腳步是怎麼回——」

當沙也佳說到這裡時，綾瀨的手馬上用力掐住了她的喉嚨。

竟然用單手就使出了鎖喉功。

而且速度快到像格鬥漫畫裡的人物一樣。接著眼睛失去光彩的綾瀨便開口說：

「到此為止了——女娃兒。」

連女娃兒都出現了嗎？

「喂喂！喂喂喂喂——妳在做什麼啊！」

「沒……沒什麼啦。」

「怎麼可能沒什麼！」

「只……只是要滅口而已啊。」

雖然她是用開玩笑的口氣這麼說，但就是給人她確實準備這麼做的感覺……！

綾瀨把手從沙也佳脖子上移開後，馬上就像麻奈實那樣豎起指頭擺出告誡的姿勢說：

「總之呢，那沒有什麼特別的意義。妳就不要再多嘴了。」

「……嗚……嗯……」

看見沙也佳沒有拚命咳嗽之後，我便知道她沒有掐得太用力。

至於雀躍的腳步究竟是怎麼回事嘛——雖然很讓人在意，不過還是別追究下去比較好。

「那個……總之這樣應該能解開『我和綾瀨正在交往』的誤會了吧。」

「……嗯，我知道你們兩個沒有嘿咻了。」

看來這件事對她來說的確很重要。

雖然跟國中生對話就已經相當辛苦了——不過看來跟小學生講話時，又得注意不同的要領呢。雖說兩者都比起邏輯更重視感情，但年紀較小，視野似乎也就更為狹窄一點。

應該說只看得見自己重視的部分而已。

某個田徑運動狂好像也是這樣。不過日向的想法似乎比較成熟一點，所以「小學女生」都是這樣的分類方法好像又有點太過於籠統了。

看來我得弄清楚這傢伙「重視的事情」是什麼，才能順利和她溝通。

我想告訴她跟蹤別人是件壞事並且用理所當然的道理來一板一眼地斥責她根本就沒用吧。因為她早就知道這是件壞事了。

重要的是——她即使知道這是件壞事，卻還是加以實行的理由。

那個時候——我幫助了即使知道這樣不對，但還是玩了成人遊戲的妹妹。

那是因為……她讓我看見太多她之所以會這麼做的「理由」了。

「妳說自己是綾瀨的粉絲對吧。」

「嗯。」

感覺這好像是她第一次和我四目相交。

「為什麼妳會喜歡她？有什麼原因嗎？」

「……當然有啊！」

原本相當沮喪的沙也佳像是要以堂堂正正的態度迎擊敵人般堅定地這麼說道。

她接下來要說的應該是相當重要的事情。

「綾瀨家和我家很近，很久以前，我還是小孩子的時候，我們就是同一個上學路隊了。」

什麼很久以前，而且妳現在也還是小孩子啊。不過我沒有直接這麼吐槽她。

為了慎重起見，我還是說明一下所謂的路隊制度吧，住在同一個區域的小學生會組成一個路隊，然後由高年級生擔任路隊長帶領該路隊的學生到學校去。比如說小學生京介要是睡過頭的話，擔任路隊長的麻奈實就會氣呼呼地跑來迎接他。

那真的是很麻煩的制度。

「綾瀨是我們路隊的路隊長——從我上小學開始，就一直和她一起去上學……她對我們真的很溫柔……」

好棒喔～我也好想和綾瀨學姊一起去上學。

這時候綾瀨本人卻很尷尬地看著說出這種回憶的沙也佳。

……啊～這傢伙一定不記得了。

「就連我被欺負的時候……也是綾瀨救了我。她是我的恩人……也是我憧憬的對象。」

她還說綾瀨畢業時，自己大哭了一場。

看來綾瀨學姊真的很受學妹景仰呢。

溫柔、可靠又相當漂亮的綾瀨學姊。

從那個部落格裡感覺到的「綾瀨」就是這種模樣。

除了是模特兒工作的前輩、恩人之外，還是感情良好的同班同學——

過去綾瀨也曾經以熱切的口吻這麼形容過桐乃。

她把自己心目中的形象強行加諸於桐乃身上。

沙也佳——不也跟當時的綾瀨一樣嗎？

原本靜靜聽她說話的綾瀨這時開口表示：

「所以妳才會自認為我是漂亮、完美而且完全合乎妳理想的學姊囉。」

「什麼叫做自認為？妳實際上就是啊。我從以前就一直是綾瀨的粉絲——看見妳成為模特兒後真的覺得很高興。明明也決定要盡可能地幫妳加油——」

「但妳為什麼要背叛我呢？」

綾瀨中途插嘴幫沙也佳這麼說道。接著便看著我露出自嘲般的笑容。

「大哥，我收回前言。雖然那個時候和這次的情況完全不同……但這個女孩就跟我一樣啊。被自己的錯覺所擺布——所以才會做出這種事來，實在讓人看不下去。」

「這……這是什麼意思？」

沙也佳憤怒地反問道。

相對的，綾瀨則是用冰冷的眼神緊盯著面前的女孩。

「抱歉讓妳對我幻滅了。妳最喜歡的『綾瀨學姊』或者『綾瀨』都是只存在於妳心中的幻影而已唷——筧小妹。筧沙也佳小妹妹。」

「————」

沙也佳雖然已經瞪大眼睛僵在現場，但還是拚命反擊道：

「你們不是要解開我的誤會嗎？剛才明明還表現出和男人半同居的行為只是我想太多而已——」

「是要解開誤會沒錯啊。其實我覺得根本沒必要——」

她側眼瞄了我一下後又繼續說：

「但是大哥這個爛好人好像已經決定要這麼做了。」

嗯，的確是這樣。

「不過，就算解開誤會，我依然不是妳理想中的那個『新垣綾瀨』。」

「沒有那種事——」

「沒有那種事？那妳喜歡的『綾瀨學姊』會在短短三年內就忘記仰慕自己的學妹，因為某些原因就去購買成人遊戲的公仔、明明最討厭說謊卻欺騙並利用自己的朋友——還把自己的理想強加在好友身上然後和她大吵一架，甚至對自己說謊，害得自己做出無法挽回的事情而後悔

不已嗎……！她會是這麼狼狽的女孩子嗎……？」

綾瀨的聲音越來越大——最後已經無法隱瞞自身的憤怒。

她是在對誰發脾氣呢。是對過去的自己，還是……

「其實呢，只有最自以為是的人，才會說出『我是最了解妳的人』這種話來——因為無論是誰都沒辦法完全了解自己啊。」

「綾瀨……」

綾瀨完全不理會我，只是露出很痛苦般的表情繼續說：

「筧小妹——筧沙也佳小妹妹。如果妳現在還是仰慕我的話——那就請妳看看最真實的我吧。解開誤會之後，再次仔細地檢驗我是什麼樣的人。當妳知道自己竟然會憧憬一個如此愚蠢的女生後，一定會感到非常失望。」

「……………我……我……」

聽見憧憬對象說出真心話的沙也佳臉色整個變成鐵青。

就跟聽見桐乃豁出去說出事情真相時的綾瀨一樣。

不過目前的狀況還是和當時不同。

和下定決心要爭取回好友的桐乃不同，綾瀨根本不打算修復和沙也佳之間的關係。應該說，她根本是一副「拜託妳快對我這個滿是缺點的人感到失望吧」的態度。

——真讓人不爽。我快看不下去啦。

我可不是為了看見這種結局才在重要的考試前跳進來仲裁這場糾紛的啊。

「到此為止了。」

我像在參拜神明一般啪啪地拍了兩下手。

「————」

兩人的視線因此集中在我身上。喔喔，好恐怖喔。是要我別打擾妳們嗎？

於是我故意用輕鬆的口氣說道：

「這種嚴肅的話題先放到一邊去吧。剛才是我正在向沙也佳解開我和綾瀨之間的誤會不是嗎？別忽然就插話然後進入屬於妳們的兩人世界好嗎？」

「但……但是，大哥……」

「好啦。交給我就對了。」

我一邊搔著頭一邊站起身來，然後移動到房間的角落。

也就是用床單蓋住的——公仔展示櫃前面。

「妳好像是寫——『小綾瀨為什麼會做出這種事呢？』對吧？來，讓我解開妳的誤會。」

接著我便唰地一聲拉下床單。

公仔展示櫃與其內容物也就出現在眾人眼前。

超級妹系成人遊戲迷御鏡送給我的超情色成人公仔。

就這樣烙印在稚嫩的小學女生眼裡——

「什……什……！」

潔癖症可能比綾瀨還要嚴重的沙也佳馬上瞪大雙眼並張大嘴巴……

「哇啊啊啊啊啊啊啊啊啊啊啊啊啊啊啊啊！」

發出了出自內心的超級吶喊。

「呀——！呀——！哇啊啊啊啊啊！」

眼前的小學生開始哭鬧。甚至拿下深深戴在頭上的報童帽，露出了她依然稚嫩的臉龐。她有著一頭柔順的長髮，此外還有兩條瀏海像觸手般往前延伸。

「你……你你你你……你到底想做什麼——！」

沙也佳可愛的童稚臉龐像蘋果般紅了起來並且表現出慌亂不已的態度。

「哼……」

唉～明明已經發誓不再性騷擾了，現在又得做出這種自打嘴巴的事情。

雖然已經做出可能會像之前那樣遭到飛踢的覺悟，但綾瀨這時候竟然只是呆呆地看著我的行動。這已經是第二次在她眼前發生，所以她應該相當清楚了吧。

沒錯，在這種狀況之下——就是我高坂京介要發揮本領的時候了。

「仔細看著吧小學生！這就是有潔癖的綾瀨為什麼會去買成人公仔的理由了！」

「我不知道你在說什麼！」

「這些公仔呢，每一尊都是《自動送上門來的妹妻》這款成人遊戲裡的角色。」

「我不想聽！」

「唉呀，先聽我說完嘛。其實綾瀨的朋友裡面呢——有一名最喜歡這種妹系成人遊戲的御宅族……」

「我知道，那個人就是你對吧！」

其實不是啦。唉……雖然不想說謊，但為了讓事情順利發展下去也只能默認了。就算被她誤會了也沒關係。我的腦袋可能已經麻痺了吧……

「然後呢……綾瀨一直試著想要去理解那種御宅族興趣。」

「咦——」

綾瀨像是聽見了什麼意外的發言般嚇了一大跳。

喂喂……妳真以為我不知道嗎。還有什麼理由會讓妳去買下那種公仔呢。得到這麼多提示之後，就算我再怎麼遲鈍也該發現了。

「綾瀨她非常討厭御宅族，也覺得他們很噁心——還曾經因此而對朋友感到幻滅，並且產生誤會進而絕交。但是十分重視朋友的她……最後甚至不惜欺騙自己來跟朋友和好。」

沒錯——其實只要稍微考慮一下，馬上就能知道這個簡單的事實了。

「我啊——最⋯⋯喜歡妹妹啦啦啦啦啦啦啦啦啦啦——！」

那種臨時想出來的謊言，怎麼可能一直騙得過綾瀨呢——

綾瀨她應該早就發現那是我在說謊了吧。

但即使發現了——她還是為了在討厭御宅族的自己，以及想珍惜身為御宅族朋友的心情當中取得折衷點而選擇了繼續讓我欺騙。她只能不斷地對自己說謊。

這一切都是為了桐乃。

「大哥我——」

我轉身正面對綾瀨並且表示：

「我真的很感謝妳！因為我是個笨蛋，所以一直不知道該怎麼開口⋯⋯而且就算再怎麼道謝、再怎麼鞠躬，都不足以表達我的感謝之意！妳的所作所為確實值得我們這樣感謝妳。」

我為了全力表達自己內心的想法而怒吼著。

「——所以！為什麼綾瀨要為了這種事情而遭受譴責呢！」

這太說不過去了吧！

——給大騙子大哥：

託你的福，我跟桐乃才能夠和好。當然我並不是認同她的那種興趣了，也沒有打算收回我前幾天所說的那些意見——目前只是先折衷一下，在沒辦法完全接受的情況下先繼續做朋友。

「當……當然不承認了！雖然不承認……但是算是慶祝……所以這次算特別……而且既然要送禮物，就想送最能讓她高興的東西……加上自從上次之後，我也有稍微和桐乃聊一些……比較不下流的動畫。」

綾瀨在這一年裡——誠心誠意地面對桐乃，並且試著去了解好友的興趣。

最討厭說謊的她強迫自己相信謊言，就算內心一直在責備自己，也還是為了好友做出了對兩人關係最有幫助的選擇。我和桐乃比任何人都還要清楚這件事。

所以——我便看著她的眼睛，直接做出這樣的宣言。

「聽好了。無論是誰因為這件事而責備綾瀨，我都絕對饒不了他。」

就算那個人是妳自己也一樣。

「——知道了嗎？」

「……嗯。」

綾瀨輕輕點了點頭。

「…………」

另一方面，沙也佳則是咬著嘴唇低下頭去。

對於不知道桐乃與綾瀨之間友情的沙也佳來說，可能聽不懂我想傳達的意念吧。

但我還是希望喜歡綾瀨的她能夠了解。

就像綾瀨那個時候接受了桐乃一樣。

「其實這一次呢……也是前陣子……綾瀨從那個朋友那裡拿到了一份小禮物——所以才會硬著頭皮走進自己不喜歡的御宅族商店裡，買下那樣的公仔——事情是這樣子的。」

我想一定是這樣。綾瀨把那尊公仔送給了桐乃當禮物。

我對著緩緩抬起頭來的沙也佳這麼說道：

「解開妳的誤會了嗎？」

「…………」

「怎麼樣，妳憧憬的學姊很溫柔吧？明明連看都不想看到御宅族商品——卻還是一邊煩惱一邊努力理解朋友的興趣。妳所看到的就是那樣的情景。這樣子妳還會對綾瀨感到幻滅嗎？」

「這個——但是……那真的……很噁心……」

「別擔心。妳的部落格也很噁心啊。」

「什……」

「想跟綾瀨成為朋友的話，直接找她說話不就得了，但妳沒有這麼做，只是偷偷跟在憧憬的人身邊偷拍並擅自刊登到部落格上，然後還寫一堆甜蜜蜜的妄想小說。這樣子妳還覺得自己不噁心嗎？」

應該是傳說級的變態了吧。

「你……你看過了嗎！」

「看得很仔細哩。妳公開在部落格上的一百三十四篇文章我全部從頭到尾都看過了。小學女生的部落格——其實還滿有趣的嘛。」

不過當時我還不知道寫這些文章的人是小學生。

沙也佳連忙起身跑到我身邊來。

「變……變態！別隨便看人家的部落格好嗎！」

被變態罵變態其實還滿傷人的耶。

「嗚……嗚嗚嗚……嗚啊啊啊啊啊……！」

哭出來了。她的臉部因為過於羞恥而扭曲，眼淚也不停地落下。

真是的——別因為公開的部落格被人看見就哭成這樣好嗎？

不過……我也能夠理解她的心情。

無論是推特還是部落格——要意識到自己所寫的文字正公開在全世界面前，並且被不特定的多數人閱讀其實是件不容易的事。

感覺上那就好像原本收在抽屜裡的日記被拿到朋友之間傳閱，搞到自己的祕密就跟寫在宣傳單背面沒有兩樣。

這也就是所謂的網路隱私問題。

如果是相當熟悉網路的傢伙也就算了，但過著一般生活的正常人，是沒有辦法自然學會這種保護自身隱私的技能的。就連已經是高中生的我都是這樣了，要小學生在寫部落格時考慮到這方面的問題根本是天方夜譚。

「……嗚……嗚……」

沙也佳開始啜泣了起來。

「那個……沙也佳啊……」

當我這麼對她搭話時，腳脛忽然就被踢了一下。接著又連續吃了好幾記同樣的攻擊。這根本就是遷怒嘛。唉……算了，反正我也很習慣被踢了——跟某個人的必殺技比起來，這還算是好的呢。

「很痛耶！喂，我說沙也佳啊……」

我再次這麼說道：

「雖然妳所做的都是『錯事』——但我很喜歡妳的部落格唷。一看就能夠了解妳有多喜歡綾瀨了。而且妳的拍照技術在這兩年來也成長了不少對吧。」

初期有很多照片根本都是模糊不清。

依序閱讀部落格的文章之後——就能看出她不斷努力的成果。

「其實根本不是拍攝的技術變好了……我只是不再用手機拍照罷了，因為後來我買了一台單眼相機。」

「我知道。」

因為我也看過那篇文章了。

「妳除了把零用錢與壓歲錢存起來之外，還向爸爸撒嬌——然後考試考了一百分。最後才終於買到那台相機對吧。」

當時那篇文章裡就寫著因為接下來能拍到更棒的照片而感到非常高興。

當然也跟往常一樣寫了那種噁心巴拉的短篇小說。

然後也刊登了拍得比過去還要漂亮的照片。

「妳刊登在部落格上的照片，我全部保存下來了。我第一次看見妳的部落格是在一個月之前——之後就每天都在期待妳的更新。我上個月一直都在拚命準備模擬考，妳的部落格已經變成我的心靈慰藉了。如果今天的考試順利……可能有一部分是妳部落格的功勞呢。」

「剛才明明說是噁心的部落格……」

「有什麼興趣是不噁心的呢。」

我看著展示櫃的內容物並這麼說道。

「不過呢，不管是噁心也好，不正當也好，都不能夠看不起別人的興趣。」

因為不正當的話將會遭受處罰，噁心的話將會遭到拒絕。但這也是沒辦法的事。

但是，絕對不能藐視他人的興趣。

因為那就跟藐視自己最重要的事物一樣。

那麼……

像老太婆裹腳布那麼長的前言就到此結束吧——

我現在就對這傢伙表明一直想講的內心話好了。

「我很喜歡妳的照片。希望以後還能繼續欣賞妳的作品。」

唉……真是的。拜託開放一下部落格的留言好嗎？

竟然得繞上這麼一大圈，才能對妳說出這句話。

「不過呢，妳還是應該先就擅自偷拍與刊登照片等事情向綾瀨道歉才對。然後才正式請她讓妳拍照。難得有這麼棒的模特兒，躲起來偷拍實在太浪費了。」

「但……但是……我——」

「還是妳現在討厭綾瀨了？因為幻滅——所以不想幫她拍照了？如果是那樣的話……」

「怎麼可能！我……我的夢想就是——」

於是沙也佳……

「成為職業攝影師，然後幫綾瀨拍照啊！」

終於敞開心胸，說出了真心話。

「我知道。」

只要看完妳部落格所有的文章，很容易就能察覺這件事了。

「那麼——為了實現自己的夢想，妳應該知道現在要怎麼做吧。」

「——」

沙也佳看著我的眼睛然後點了點頭。

她接著便轉身面向自己憧憬的學姊——對她深深地低下頭並且說：

「對不起。」

那是很符合她小學生身分的直率道歉。

這時綾瀨把手放在胸口，看著我露出了調侃般的微笑。

「真是的……大哥你……究竟要幫助我幾次啊？」

「交給我就對了。不管幾次我都會幫的。」

雖然最後又變成很符合我個人風格的無力結局，但我還是注意到考試時間已經快來不及了，於是便急忙前往考試會場。

至於綾瀨和沙也佳則是留在我家裡。所以我也不知道事後她們兩個人又談了些什麼。

不過我想應該沒問題才對。她們都是能夠慎重向人道歉的人。

等考試結束事情較穩定之後，我再詢問綾瀨事後的發展吧。

老實說，我還真希望今晚就能看見「Lovely My angel小綾瀨♡粉絲部落格」的更新呢——

「小京，這邊這邊！」

「喔！讓妳久等了！」

我在考試會場入口——某大學的正門前和麻奈實碰面。

「沒關係啦～現在還有時間。不過……你跑去做什麼了？」

「管閒事。」

我笑著這麼回答。就像過去一樣。

而麻奈實也露出熟悉的微笑。

「辛苦了……你一定很努力吧。」
「沒有啦，其實這次也沒多努力。」
「……是嗎？」
「嗯。因為我這次只是對一個惡作劇過頭的小學女生展示成人公仔然後把人家弄哭而已啊。」
「為什麼一大早就做出這種事……」
麻奈實露出真受不了你的表情。但馬上又恢復原來的模樣說：
「那我們走吧。」
「嗯嗯。對了──在那之前，我想先去一下保健室。」
我甩了甩右手，決定不再逞強。
……在這傢伙面前，也不用顧及什麼形象了。
「其實我剛才跌倒……手痛到快要哭出來了。」
「──」
麻奈實先是瞪大了眼睛，然後才嘆了口氣。
用慈愛的表情對我說：
「真拿你這個笨蛋沒辦法。」

每個人當然都有自己拿手的科目，而每個考生也不一定會跟我有相同的想法，但是——

「……為什麼這世上要有英文這種東西呢？」

這就是我在考完這次模擬考後最想表達出來的真心話。

尤其是聽力，真是最後的大魔王啊。

而且筆試題目也有夠難的。

我想考試中在腦子裡大喊「咕喔喔喔喔！誰知道啊！」的，應該不只有我一個人才對。

才剛因為國文實在太過簡單而覺得這下沒問題了，誰知道馬上就落得這種下場。實在是太過分啦！

不過後半段還是稍微補救了一些回來，我想……應該……沒問題吧……？

希望能夠一切順利……

我就這樣帶著自信與不安交雜的心情走出考試會場。

然後和麻奈實一起走在我們報考的學校裡——要是順利考上的話，春天就要到這裡來求學的校園裡。

「小京，你沒問題吧？」

「嗯？我想除了英文以外應該都沒問題——」

「我不是問這個——不對，這也是重點啦……」

「妳到底要問什麼？」

「你的手不痛嗎？」

「現在還是超痛的。」

我老實地這麼回答。

「根本連鉛筆都握不住了，所以我是用左手拚命畫電腦卡的啊。不過應該對考試分數沒有影響啦。」

就算對方是麻奈實，我這時候還是忍不住要耍帥一下。

因為手受傷而沒辦法拿到A判定——就算是事實我也絕不想讓人家這麼說。

「這樣啊。那……得去一趟醫院才行。」

「說得也是。啊啊，對了，麻奈實，有件事得跟妳說。」

「什麼事？」

「——謝謝妳。如果我真能拿到A判定，那一定是託妳的福。」

當然其他人也幫了不少忙……我也準備向他們每個人道謝。

「現在還不是道謝的時候吧？」

等結果出來時再跟我說吧——麻奈實這麼表示。然後便快步走到我前面。

「那我先回去囉。」

「怎麼忽然就要先走。妳有什麼事嗎？」

「沒有什麼事——不過現在待在這裡還是會打擾到你們。」

她講出這種讓人摸不著頭緒的話。

「那再見囉。」

她舉起一隻手，元氣十足地往前跑去。喂喂，妳這個粗手粗腳的傢伙別用跑的啊——到時跌倒我可不管。

當我凝視著麻奈實奔跑的方向——

才發現原來她說的是這麼一回事。

有個一陣子沒看到的傢伙正靠在大學的正門上。

「——終於來了。」

那個人就是桐乃。

「考得如何？果然不行嗎？」

這就是她的第一句話。對好久不見，而且才剛結束重要考試的哥哥能講這種話嗎？但這跟平常完全沒有兩樣的德性，反而讓人忍不住發笑。

於是我便故意裝出自信滿滿的態度來回應她。

「完全沒問題——別忘了我們兩個之前的賭注啊。」

「是是是，現在就隨你去說吧。」

兩手依然插在上衣口袋裡的桐乃，這時候撐起原本靠在門上的身體。

今天的她戴著毛線帽，身上套了一件夾克——很難到看見她這種男孩子氣的打扮。

看見妹妹所穿的衣服後，我才有了已經是冬天的實感。

「話說，妳怎麼會來這裡？」

「我聽綾瀨說妳受傷了。」

聽起來就是不怎麼在意的樣子。

綾瀨這傢伙，竟然跟桐乃打小報告。嘖，幹嘛這麼多事呢。

「受傷？妳在說什麼啊。」

「別裝傻了。你是笨蛋嗎？幹嘛還逞強啊……」

「嗚咕……」

這傢伙真令人火大。

讓人火大的程度大概跟考聽力的時候第一題就聽不懂一樣。

「很痛吧？」

「完全不痛啦。」

剛在她面前揮了揮綁繃帶的右手……

結果她竟然就用力握了下去。

「好痛啊！」

這臭女人到底在做什麼！

「果然還是會痛嘛。」

「妳這傢伙……」

眼眶含淚的我瞪了桐乃一下，結果她馬上前走了幾步，轉頭對著我說：

「你還在幹什麼？不是要去醫院嗎？」

「…………………………喔。」

我忿忿地閉上嘴巴，走到已經在前面的妹妹身邊。

我們兩個就這樣緩緩走在寒冷的空氣中……這時我忽然開口說出一件毫不相關的事情。

「一年前——妳那時候好像正在寫手機小說對吧？」

「是嗎？」

好冷淡的反應。

「是啊。黑貓來家裡玩，然後一起看梅露露——接著妳便忽然說自己要出道當作家——」

還要我在聖誕節時——和妳到澀谷去取材。

「我早忘記了。」

「是喔。」

吐出來的氣息冒出一陣白煙。照這個樣子看來，可能不久後就會下雪了吧。

「我說妳啊～」

「什麼事？」

「有什麼打算？」

「什麼有什麼打算？」

「就是畢業之後啊。」

「…………」

桐乃沒有回答。但我也沒有繼續追問。

於是我們兩兄妹……

就這樣默默地走了好一陣子。

當我們來到熟悉的醫院之後，桐乃終於開口打破了沉默。

她的視線依然看著前方……

「喂……」

忽然這麼對我搭話。
「啥？」
我把頭轉往旁邊後，就便成往下看著妹妹的姿勢。
……咦？這傢伙有這麼矮嗎？
我覺得她在女孩子裡已經算高的了啊。
不對——不是這樣。
是我長高了。
「怎麼啦？」
我一這麼問，妹妹便抬頭看著我。這時白色煙霧從她正在考慮用詞遣字的嘴巴裡冒出來。
桐乃首次露出了微笑。
「還是要說聲————辛苦了。」

哼……這傢伙。
「謝啦。」

一個月後——

模擬考成績發表了。

我，高坂京介獲得了Ａ判定。

「恭喜啊，京介。很了不起嘛。」

「哈哈哈哈！這沒什麼啦！」

成績發表日的白天。在客廳裡。我坐在桐乃經常占據的沙發上大聲笑著和老媽說話。

成績單寄過來後我便馬上確認——然後馬不停蹄地衝回家裡。現在的心情實在是太痛快啦。努力獲得回報確實是一件很讓人高興的事情。

對一個人來說，辦不到的事情就是辦不到。

但還是有些事情努力就會有結果的。

我想……這本來就是理所當然的事。

也是我……不知道從什麼時候就開始忽略的事實。

……我……真的拿到Ａ判定了。

現在真的高興到快哭出來。好丟臉啊……

當然這樣的結果不過是一個通過點，只能算是一次的練習，真正的考試要在過完年後才會來臨。

但是——達成某件事的充實感，已經在我內心留下不可抹滅的痕跡。雖然這麼說似乎有些誇張——但正因為是自己的事，我才會忍不住誇大了起來。

你要笑我是個浮誇的男人也沒關係。

因為……我已經很久沒有像這樣為了自己而努力——然後獲得勝利，留下值得紀念的記錄了。

「老媽，桐乃呢？」

「跟綾瀨去美容院了。」

「這樣啊……」

那傢伙搞什麼。虧我拿到Ａ判定後——馬上就想跟她炫耀一下耶。

「對了——我已經拿到Ａ判定了。這樣應該可以解開老媽莫名其妙的誤會了吧？」

「什麼叫莫名其妙的誤會？」

「就是——我和桐乃之間有曖昧的天大誤會啊。」

這一點我到現在還是搞不懂。

老媽懷疑我和桐乃之間有不純的關係，所以才會要我搬出去住好跟桐乃保持距離。但為什麼拿到Ａ判定就可以回來了呢？這對我和桐乃之間的關係根本沒有什麼影響吧？

「啊啊，你說那件事啊。」

老媽一邊呵呵大笑一邊用歐巴桑常見的動作空揮著手。

「其實我打從一開始就不認為你會對妹妹亂來啦。」

「——啥？」

我好像聽見什麼奇怪的事情耶。我在腦袋裡思考了一下老媽所說的話——

「什麼！這是怎麼回事！」

我一邊大叫一邊站了起來，接著更探出了身子。

「你最近好像和妹妹感情不錯。所以便覺得只要用那種條件把你們兩個分開，你這個懶散的哥哥應該就會發揮妹控的力量努力用功才對。看來老媽我的計策可以說是完全成功了。」

老媽接著又稱讚自己說：「我真聰明。」

「完……」

完全被妳耍著玩嗎？可惡啊！什麼？這太誇張了吧！怎麼可以這樣……！

我至今為止所做的事情，完全在老媽的預料之中嗎？

「太過分了吧！妳知道我有多煩惱嗎！」

「有什麼關係嘛。反正你也因此獲得足以拿到A判定的學力啊。」

「是沒錯啦！」

「還是說怎樣？難道你真的跟桐乃有什麼——」

「才沒有哩！」

這個臭老太婆在胡說些什麼。妳給我差不多一點。

「唉……算了。我不想管了。」

感到全身脫力的我只能癱倒在沙發上。

「那我去買東西囉。為了獎勵你，今天晚上要吃大餐唷——」

「好啦好啦。」

臭老太婆，以為這樣我就會原諒妳嗎。唉～～或許在這個人心中，我永遠都只是個小鬼頭吧。哼，不過我想每個父母都是這樣吧。

老媽出去後不久，客廳的門再度打了開來。

還以為是忘記拿錢包的老媽又回來了，結果進來的人是妹妹。

「我回來了……啊……」

我們的眼神直接對上。

「嗨……」

從美容院回來的桐乃已經改變了髮型。現在的她有著明亮的髮色，輕柔的髮尖也燙得比較捲一點。這讓她看起來變得非常成熟，我也因此而嚇了一跳。
「妳的頭髮怎麼了？」
「很適合我吧。」
「還可以啦。」
「啥？你以為你是誰啊？」
桐乃露出瞧不起人的笑容。
「在玩ＲＰＧ的時候，要進行魔王戰之前不是都會整理好裝備嗎？」
她稍微抓起頭髮，然後接著說：
「現在大概就像是那樣吧。」
「妳在說什麼啊。」
我用滿不在乎的口氣回答完後，桐乃就在我坐的沙發另一邊角落坐了下來。
三人座沙發的兩端。
這就是目前我們之間的距離。
桐乃稍微瞄了一下我的臉後，隨即像帶有深意般「呼」一聲吐出一口氣。
「又怎麼啦……」
由於她應該知道今天是考試成績發表的日子，我便認為她可能是要詢問成績，但妹妹卻轉

過頭去說：

「歡迎回來。」

她只短短說了這麼一句話。其他就再也沒有多說些什麼了。

至於我那個時候有什麼想法嘛，那就是——

嘿……這種獨角戲好像也已經成為慣例了呢。

改變髮型的桐乃。

不知為什麼穿著超時髦的新冬裝。

回到睽違兩個月的家裡後……

「妳的新髮型真的很適合妳耶。」

我對著露出不悅表情轉過頭去的妹妹這麼說道。

結果她又把頭轉過去了一點。

「害我還想說，我的妹妹哪有這麼可愛！」

「去死吧你——」

妹妹只丟下這麼一句話來，當然，我看不見她這時候的表情。

就這樣……我為時兩個月的「一個人生活」結束了。

花了好幾天整理好行李後，老爸便在下一個假日，像搬過來這裡時一樣幫我把行李運回家。在搬運時最得花心思注意的，當然就是那個玻璃製的展示櫃以及內容物了。我準備了好幾個小紙箱，把每一尊公仔用保護墊保護起來——其實這是按照沙織的建議所做的處置，但那真的是很麻煩啊。雖然我根本不想要這種東西，但既然是人家的禮物，而且要是弄壞桐乃一定又會囉哩囉嗦的，所以也只能乖乖照做了。

更誇張的是隔了兩個月回到自己的房間後，馬上就看見了令人難以置信的景象。

「喂……桐乃……」

站在房間入口的我開始發起抖來。而桐乃則是從我背後用若無其事的聲音回答：

「什麼事？」

「這是哪裡？」

「不就是你的房間嗎。」

「這是我的房間？」

其實也難怪我會說出這種話來。

過去曾經是我房間的場所……現在已經放滿了桐乃的私人物品。

而且全是御宅族相關的東西。

「這已經變成妳的房間了吧！」

「因為我房裡的收納空間已經放不下了啊。借放一下應該沒關係吧。」

「大有關係！別開玩笑了……妹妹趁哥哥不在家時占領他的房間，就算這是老家常出現的情形，但妳這樣實在太誇張了……」

幾乎快哭出來的我走進房裡看著四周圍的環境。

「啊～啊……變成這種模樣。貼滿了成人遊戲的海報與月曆……曾幾何時多了成人遊戲專用櫃，床套上面還畫著大大的裸體妹系角色……嗚哇，這窗簾是怎麼回事？」

這應該能稱為痛窗簾了吧。在我不在家的這兩個月裡，我房間的窗簾變成了「不堪入目的花樣」啦。可惡，我一定又會被麻奈實調侃了。

「我說這窗簾真的沒問題嗎？如果從外面也能看見圖案的話我真的會自殺唷？」

「哎呀……其實我老早就想裝上去看看了～」

桐乃害羞地搔著自己的後腦勺。

我可沒在稱讚妳耶？這絕對不是稱讚！幹嘛不好意思啊，小心我幹掉妳唷！

「拜託妳稍微有點愧疚之心好嗎！我的房間根本變了個模樣嘛！」

「經過我認真的改造之後，你的房間變成妹妹天堂了。」

我看得出來！這已經比御鏡的房間還要猛了！

桐乃一邊哼歌一邊指著房間角落說：

「把壽屋櫃放在那邊，然後擺上公仔～當然我也會拿房間的公仔過來一起擺……嗚嘻嘻，真是個充滿夢想的空間～」

對我來說是個惡夢啊。根本沒有把書桌放回去的空間了嘛。

「馬上給我恢復原狀。」

「咦～？」

「這種房間能住人嗎————！」

我是不是不要搬回來比較好啊？

「好，打掃完畢。」

接著我便把帶過來的打掃用具收進背包裡。

「…………」

在這裡生活了兩個月的房間。第一次過一個人生活的舞台。

經過一連串騷動後，現在行李已經都搬回家去——只剩下一個空蕩蕩的房間。

在離開前先把它打掃乾淨，然後把鑰匙還給房東——這就是我今天的預定行程。

……要退房的現在，心頭不禁湧起無限感觸。

「應該算是個——很不錯的經驗吧。」

至少學力上升了不少。怎麼說呢……如果有人在旁邊看著我這幾個月來的模樣，那我還真想問他，你覺得高坂京介是不是有所成長了呢——

一年前的自己。兩年前的自己。三年前的自己。五年前的自己。十年前的自己。

雖然跟以前的自己比起來，現在似乎已經成長了不少，但這也只是目前的我所有的想法罷了。如果是國中生高坂京介。那個不堪回首的少年時代的我，看見現在的我之後——又會有什麼樣的想法呢。

不過我至少可以知道，讓一年前的我和五年前的我交談的話，應該會造成相當悲慘的情況。因為價值觀、意見與性格之間的差異實在太大，雖然是同一個人，但是卻完全無法互相妥協……

嗯……當然這只不過是我個人的妄想罷了。

五年前的高坂京介可能會對現在的我所說的話——

一年前的高坂京介可能會對現在的我所說的話——

「總算是上軌道了啊。」

「喂喂，你還好吧？」

過去的自己，似乎會這樣對我說。

我無法忽視這些我對自己所說的話，也比任何人都了解每個時期的我都有不同的價值觀。

「我會繼續努力看看啦。」

獨自這麼說完後，我便走出房間。當我鎖上門，準備走下樓梯時便遇見了綾瀨。她身上穿著可愛的漁夫外套。

「嗨。」

我舉起一隻手向她打了聲招呼，而她也對我點了點頭。

「我忽然來到這裡，大哥卻一點驚訝的樣子都沒有。」

「因為我總覺得會遇到什麼人。」

「…………」

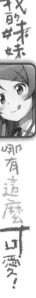

「一個月沒見了耶。」

「是啊。」

考試結束之後，綾瀨就不再到我住的地方來了。

說起來桐乃和綾瀨之間的約定本來就是「到考試為止」，所以這也是理所當然的事。不過忽然就不再過來了，總是會讓人覺得有些在意。

「咦，妳的髮型……好像跟以前有點不太一樣？」

「啊，想不到大哥這麼遲鈍的人也能注意到。」

「什麼叫我這麼遲鈍的人啊。」

綾瀨像在調侃我般瞄了我一眼，然後開口表示：

「因為你有前科啊。呵呵……算了，這不重要。你能夠注意到我還是覺得很高興啦——沒錯，我和桐乃一起去了美髮沙龍。」

「嗯嗯，那傢伙好像有說過。」

「我只是稍微剪得整齊一點而已。不過桐乃就變得相當可愛了對吧。」

「還好啦。」

變身成超級桐乃了。也不知道為什麼要那麼拚命。

綾瀨笑了笑之後說道：

「本人不在的話，大哥就敢說出真心話了。」

「吵死了。」

「呵呵。」

開始覺得有些害臊的我馬上改變了話題。

「在這裡遇見妳真是太好了。」

「大哥找我有什麼事嗎？」

「嗯，有事情要跟妳報告，然後要向妳道謝，最後還有在意的事情想問妳。」

當我列出要找她的幾項事情後，綾瀨便馬上這麼回答我：

「恭喜大哥拿到A判定了。」

「是桐乃告訴妳的嗎？」

「不是——只是我原本就認為大哥一定沒問題的。」

「這樣啊……那如果我拿到B判定的話不就糗大了。」

那我一定會很受傷啊。當然，妳對我這麼有信心我是很高興啦。於是有些害羞的我便搔著脖子來掩飾自己的心情，但最後還是直視著她的眼睛向她道謝。

「謝謝妳，多虧有妳幫忙。」

「——」

綾瀨把一隻手移動到胸前並緊握了起來。

「那是大哥靠自己的實力獲得的。」

「因為有妳和大家的幫助我才能成功啊。」

我是真的這麼認為。我這個人啊，自己一個人根本幹不了什麼大事。有時候甚至會不顧後果而衝動行事，所以還是需要自覺、自戒與自辨才行。

「但我認為這些也都是大哥的實力——對了。大哥在意的，應該是筧小妹的事情吧。」

「嗯嗯。」

這傢伙的腦筋真的很靈敏耶。

結果從那天之後沙也佳的部落格就沒有更新過了——

「那之後究竟怎麼樣了？」

「我把她埋在山裡了。」

「咦！」

「那個……希望你別把人家的玩笑話當真好嗎？」

綾瀨又說了句「只是開玩笑啦」，然後便皺起眉頭。

「……原來是開玩笑啊……哈哈……」

糟糕……我還以為是殺人兇手的自白呢。

「真是的……大哥到底是怎麼看我的？之後我便帶著她一起到事務所去和御鏡先生以及相關人員道歉了。接下來也會讓她到大哥家道歉，也會讓她賠償醫藥費。」

「喔，那沒關係啦。」

「不行！」

這樣喔。看來學姊很用心在教學妹唷。

「妳們和解了嗎？」

「我也不確定耶。總之我個人的部分呢，在打過屁屁之後就算原諒她了。」

已經處罰過了嗎？這學姊真是恐怖。

原本說到打屁屁還露出微笑的綾瀨學姊，這時候臉上出現微妙的表情……

「不過部落格的事情還不算解決了。」

「乾脆直接變成官方粉絲網站嘛。」

「文章內容太噁心了，我絕對無法接受這個決定。」

綾瀨堅決地說道。

「對了——大哥。其實我也有事情要找大哥唷。」

「嗯？什麼事？」

話說回來，這傢伙都特別到這裡來找我了。當然是有事情要跟我說吧。不過綾瀨找我究竟有什麼事呢——我想到這裡就忍不住擺出防衛姿勢，但……

「…………」

她卻遲遲沒有開口說話。

最後她終於抬起臉來看著我，用認真的語氣說：

「大哥。你早就注意到我在說謊了吧——」

「啊啊……是這件事啊。是啊……」

「雖然現在說已經有點太遲了——但和桐乃和好那天，一回到家裡……馬上傳了『那封簡訊』給大哥的時候，我就已經『知道事情的真相了』……但是我卻利用大哥的好意……把大哥當成壞人……一直欺騙著自己的心靈。」

——給大騙子大哥。

「我一直想向大哥道歉——但是卻都沒辦法開口……」

「這妳不用在意啦。倒是……妳這樣沒關係嗎？」

把事情向我說清楚的話，妳不就……不能繼續欺騙自己了嗎？

「沒關係了。」

綾瀨說完便笑了起來。

「謝謝你的關心。我知道大哥這一個月來一直都在為我著想對吧。大哥是在等我重新找到好的理由來說服自己，讓自己能夠再度接受和桐乃之間的關係——」

「…………」

「所以才一直都沒跟我連絡對吧？」

「……其實也不只有這個理由啦。」

「呵呵，是這樣啊。」

她先是露出帶有深意的笑容，然後又恢復原來的表情說：

「總之——我已經沒事了。」

她的聲音聽起來相當堅定。

「對於桐乃的興趣已經不像從前那樣有那麼強的抗拒感……而且我總有一天得停止對自己說謊來正視這整件事情。應該說這剛好是個很好的機會。」

「這樣啊……」

這時綾瀨的臉色忽然為之一沉。

「真的很抱歉。我一直對大哥做出如此過分的事情——」

「沒關係啦。這是我自願的。」

我們現在，正在進行去年九月無法實現的對話。

不對……應該說現在總算有這個能力進行這樣的對話了。

「我也一直對妳說謊，真的很抱歉。」

「別這麼說。」

我們彼此向對方低頭道歉。隔了一段時間之後，她才用呢喃般的聲音說：

「…………雖然我很討厭說謊。但也是有這種……善意的謊言呢。」

「或許是吧。」

並不是所有謊話都是充滿惡意。

「啊。不過像『和我結婚吧』等玩笑話，我還是覺得大哥應該去死。」

「……抱歉。」

糟糕。開始翻舊帳了。

「唉……真是拿大哥沒辦法。」

綾瀨像要調侃我般嘆了口氣。

「大哥真的是個超級大騙子。」

她的聲音忽然變得相當嚴肅。

「除了好色、變態之外，還是妹控兼蘿莉控，而且還是個超級被虐狂。」

「……」

也不用說得那麼難聽吧……

當我決定先道歉而準備張開嘴時——整個人就僵住了。

因為持續罵著我的綾瀨，眼眶裡竟然浮現出淚水。

「每次見面都對我性騷擾並惹我生氣……」

她的聲音開始發抖而且越來越是細微。

「總是那麼地爛好人，又愛管閒事……」

當她用袖子拭去淚水並抬起頭來時，聲音已經變得非常堅定。

「而且又遲鈍又不講理又溫柔，總是一直困擾著我——」

「但我還是喜歡上這樣的大哥了。」